AF431796

Sarah-Lyne ISHIKAWA

Cœur de tempête

Shonen ai

Première édition :

© M-F-P, Mai 2016

Pour la présente édition :

© M-F-P, 2016

58700 Prémery

ISBN : 979-10-95309-17-8

AVERTISSEMENT

Ce récit est une histoire de type shonen ai. C'est-à-dire de la romance entre hommes sans scènes explicites, contrairement aux Yaoi.

Ce roman, contrairement à la plupart des autres récits ne se passe pas au Japon.

Ce récit est une pure fiction. Toutes ressemblances avec des personnages connus ou des faits similaires seraient purement fortuites.

— Le capitaine est demandé de toute urgence sur le pont ! Je répète, le capitaine est demandé de toute urgence sur le pont !

Tony se redressa subitement. Il regarda sa montre et soupira. Cela faisait à peine une heure qu'il s'était couché. Que pouvait-il bien y avoir de grave pour qu'on l'appelle ainsi au beau milieu de la nuit ? Il n'avait pourtant pas prévu de tempête cette nuit-là.

Il se leva rapidement, s'habilla tout aussi rapidement et rejoignit son second sur le pont.

— Gaverik ! J'espère que vous avez une bonne raison pour me déranger ainsi dans mon sommeil !

— Capitaine ! répondit celui-ci. Nous avons trouvé bons nombres de débris à la mer. Il y a un homme se trouvant parmi eux !

— Un homme ? Parmi des débris ?

Son second lui donna les jumelles. Tony s'approcha de la baie vitrée. Il regarda le dessus de la mer et aperçut en effet le corps d'un homme qui flottait sur un morceau de bois assez conséquent parmi plusieurs débris. Le navire heureusement possédait des lampes assez puissantes pour éclairer droit devant lui lorsqu'il le fallait.

— Dépêchez une équipe et remontez-le-moi. S'il est mort, mettez-le au frais. Relevez l'endroit où nous l'avons retrouvé. Sa famille sera probablement contente de pouvoir inhumer son corps.

— Et s'il est encore vivant ?

— À l'infirmerie bien évidemment ! Mais cela m'étonnerait beaucoup. L'eau est relativement froide dans cette région et surtout à cette époque de l'année.

— Oui, capitaine !

— Je descends au mess me prendre un café, en cas de besoin, informa Tony avant de quitter le pont.

Il n'assista pas à la remontée de l'homme. Pour lui il était clair qu'il ne devait plus être en vie. Il se prit un café en soupirant une nouvelle fois. Il était quasiment sûr qu'il n'arriverait plus à dormir maintenant. Il serait certainement encore de mauvaise humeur toute la journée.

Tony remonta et s'apprêtait à se diriger dans ses quartiers. Sans trop savoir pourquoi il passa devant l'infirmerie. Il fut totalement surpris de voir leur médecin de bord affalé sur un homme.

— Allez ! Tu ne vas pas me lâcher maintenant ! T'es beaucoup trop jeune pour mourir !

Tony entra dans l'infirmerie et reconnut l'homme qu'ils avaient dû repêcher allongé sur un des lits. Jeek le médecin de bord était en train de lui faire un massage cardiaque.

— Allez ! cria-t-il en alternant massage cardiaque et bouche-à-bouche.

Tony s'approcha et ne comprit pas les raisons de son geste, mais il prit la main de cet homme. Au fond de lui, il se disait, s'il les miracles existent…

Comme par miracle, son cœur repartit aussitôt. Jeek regarda Tony qui haussa les épaules et avait retiré rapidement sa main se demandant pourquoi il avait fait ça.

— Il est sorti d'affaire, informa Jeek. Du moins pour l'instant. En espérant qu'il n'ait pas attrapé une pneumonie avec cette eau glaciale.

— On va devoir le larguer dans le prochain port, dit Tony.

— Il n'avait aucun papier sur lui. Du coup, je ne sais même pas comment il s'appelle, ni s'il comprendra notre langue une fois réveillée même si son apparence ressemble plutôt à un américain.

— De toute façon au prochain port ce ne sera plus de notre ressort, dit Tony avant de sortir de l'infirmerie.

Il se demandait bien d'ailleurs pourquoi il était passé par là, et surtout pourquoi il y avait mis les pieds. Maintenant, il allait devoir remplir un rapport concernant cette affaire. Ce qu'il détestait le plus, remplir ces foutus rapports... Sans compter qu'il allait très certainement être interrogé par la police portuaire et cela allait prendre certainement des heures… Les clients allaient encore se plaindre bien évidemment. Ils trouvaient toujours une raison quelconque pour se plaindre.

Tony retourna dans sa cabine et finalement se recoucha. Curieusement, il s'endormit presque aussitôt. Au petit matin, il fit un rêve étrange. Il apercevait l'homme debout sur l'un des morceaux de bois qui l'appelait. Il lui demandait de l'aide. Mais plus Tony essayait de le rejoindre et plus celui-ci s'éloignait. Il se réveilla en sursaut une nouvelle fois. Tony regarda sa montre et soupira. Il était l'heure de se lever. Il se prépara rapidement et se rendit au mess pour y prendre un café corsé comme c'était le cas tous les matins.

— Bien dormi ? demanda Jeek qui connaît depuis longtemps les problèmes de sommeil de son capitaine.

— À peu près, répondit-il.

— Tu devrais venir à l'infirmerie, je te donnerais un truc et tu dormiras comme un bébé.

— Et en cas d'urgence, comment feriez-vous si je ne me réveille pas ?

— On gèrera la situation, répondit Jeek. Nous ne sommes plus des novices Capitaine.

— Un capitaine doit toujours être présent en cas de problème. C'est la règle.

— Oui, mais un capitaine valide de préférence. Autrement il ne servira pas à grand-chose.

— Je me reposerais lorsque nous effectuerons une halte au port.

— Tu vas tenir pendant les jours prochains ? Il reste cinq jours tout de même !

— Il faudra bien, répondit Tony en se levant.

Jeek le regarda sortir en soupirant.

— Capitaine, il serait grand temps que vous passiez à autre chose, dit-il. Grand temps que vous repreniez goût à la vie.

Tony remonta sur le pont et se dirigea vers son siège de capitaine. Il passa la journée à répondre à diverses demandes de certains clients comme diriger le navire en direction du prochain port.

— Vous êtes sûr de vouloir débarquer notre homme dans ce port ? demanda Gaverik. Ils ne sont pas réputés pour être les plus accueillants si vous voulez mon avis. D'autant plus qu'il a besoin de soin. Qui va payer ?

— Il doit bien avoir une assurance ou un truc de ce genre ?

— Pour un gars identifié oui, mais lui n'a aucun papier d'identité ou quoi que ce soit sur lui. Il pourra même nous mentir sur son identité.

— On verra sur place, répondit Tony souhaitant changer de discussion.

Il se leva et fit un tour sur le navire. Il se posta à l'avant et regarda l'immensité de l'océan. Il sentit la brise légère avec cette odeur très particulière qu'il reconnaissait bien.

— Eh merde, dit-il soudain. Il ne manquait plus que ça !

Tony s'apprêtait à retourner sur le pont lorsqu'il fut interpellé par l'une des clientes habituelles qu'il reconnaissait bien.

— Capitaine ! Je souhaitais vous voir justement !

— Madame Lan ! Que me vaut votre présence sur le pont destiné aux officiers ?

— Eh bien, puisqu'il est difficile de vous rencontrer je suis venue directement à vous !

— Vous savez que pour des raisons de sécurité ce pont n'est réservé qu'aux personnels travaillant sur ce navire !

— J'ai fait plusieurs réclamations qui n'ont eu aucun effet. Je souhaiterais changer de cabine mes voisins sont vraiment trop bruyant et je n'arrive pas à dormir. Voyez comme mon teint en pâtit ?

La jeune femme rapprocha son visage et le tourna plusieurs fois de droite à gauche.

— Je vais voir avec mon second s'il reste des cabines de libres et vous pourrez choisir celle qui vous conviendra le mieux.

— Merci capitaine, je savais qu'en venant vous voir, une solution serait immédiatement trouvée. J'ai appris également par hasard que vous avez repêché un inconnu dans la mer ? J'espère qu'il ne se retrouvera pas parmi les convives. Nous ne connaissons rien de cet homme et si c'était un malfrat ou autres ? Vous devez veuillez à notre sécurité. Franchement, un total inconnu sur ce bateau de luxe de croisière…

— Vous auriez préféré que je ferme les yeux et que je le laisse sur cette planche de bois dériver dans la mer ?

La jeune femme parut offusquée sur le coup et tenta de se rattraper.

— Bien sûre que non, je ne suis pas inhumain, tout de même ! Je pensais juste à notre sécurité et le fait que…

— Cet homme ne devra pas quitter les quartiers des officiers tant que nous n'en saurons pas plus sur lui, je vous rassure. Je conseillerais donc également d'éviter ce pont, cela vous évitera de le rencontrer. Cela vous convient-il ?

— C'est parfait capitaine. Sur ce, je vais vous laisser à vos obligations. Je dois retrouver mes amis au bord de la piscine.

— Préparez-vous, ce soir je crains que nous ayons une tempête, informa Tony avant de lui tourner le dos et de repartir dans l'autre sens.

Cette femme l'énervait au plus haut point. Ces seules préoccupations de femme riches étaient ses vêtements, son maquillage et ses loisirs avec ses amis. Comme la plupart des clients de ce navire. Il n'y en avait pas un pour rattraper l'autre. Tony était obligé de rester calme en toutes circonstances même si il lui arrivait parfois de vouloir en jeter quelques-uns à la mer parfois. Tony retourna sur la passerelle informer son second de l'arrivée prochaine d'une tempête.

Bien que les instruments n'aient pas encore donné l'alerte, Gaverik connaissait suffisamment son Capitaine pour le prendre au sérieux. Il avait un don inné pour prédire les tempêtes. Cette fois ce serait une tempête habituelle. Il connaissait parfaitement les procédures à suivre. Les clients allaient certainement encore râler de devoir rester confiner dans leur quartier le temps que celle-ci se calme. Mais c'était les ordres du Capitaine.

Il était déjà arrivé que des imprudents se baladent sur les ponts au beau milieu d'une tempête risquant de ce fait de passer par-dessus bord. Il devenait totalement voire quasiment impossible de retrouver un homme au milieu de la mer en pleine tempête. Tony avait déjà perdu un de ses hommes par le passé par la faute justement d'un client imprudent. Il ne souhaitait pas recommencer l'expérience. S'il laissait passer certaines choses sur ce navire, sur ce point-là il était intransigeant. Quitte à faire raccompagner de force les éventuels rebelles au risque de provoquer les foudres de ses clients relativement fortunés, il s'en moquait éperdument. Il ne perdrait plus un de ses hommes pour ce genre de personne qu'il trouvait totalement sans intérêt à ses yeux. Il comptait bon nombre d'hommes de valeur dans son équipage, et il comptait bien les garder le plus longtemps possible.

Le navire et l'équipage furent totalement prêts à l'arrivée de la tempête. Madame Lan avait changé de quartiers et semblait être satisfaite de ses nouveaux appartements. L'inconnu ne s'était toujours pas réveillé et Tony s'en moquait éperdument même s'il allait jeter un œil sur celui-ci le soir avant d'aller se coucher. Pour lui il ressemblait à un Américain et il se demandait bien ce qu'il pouvait faire dans ce secteur. Des bruits couraient qu'un groupe de pirates sévissait depuis quelques mois sur les mers isolées et dépouillait les navires tels que le sien. Il espérait toutefois que celui-ci n'en faisait pas partie. D'autant plus que ses passagers étaient des personnes relativement fortunées. Ce qui pouvait susciter bien des convoitises. Tony avait été contraint d'embaucher une dizaine de personnes armées pour pallier une éventuelle attaque. Ceux-ci vivaient à l'écart du personnel et bien évidemment de la clientèle. Ils devaient être totalement discrets. Ils avaient même prévu la mise en place de cellules sécurisées dans le cas où ils arrivaient à en attraper.

Tony était retourné dans ses quartiers. Il s'était allongé dans son lit avec un de ses livres et attendait lui aussi que la tempête passe. Il devait rester éveillé dans le cas où l'on aurait besoin de lui. Même si cela devait durer toute la nuit.

Il commençait néanmoins à somnoler lorsqu'on l'appela par l'écoutille.

Tony se leva d'un bon et rejoignit immédiatement la passerelle.

— On a problème ! l'informa son second, l'inconnu s'est visiblement réveillé et il se promène sur le navire.

— Merde ! s'écria Tony. Il ne manquait plus que ça ! Déployez des hommes et fouillez le navire. Au moins, on ne sera pas emmerdé par les passagers !

Tony fit demi-tour et commença lui aussi à inspecter le navire en commençant par le pont des officiers. La tempête faisait rage, mais n'était pas plus importante que d'ordinaire. Il pleuvait des cordes et Tony se retrouva rapidement trempé du pied à la tête. Heureusement, le navire bénéficiait de projecteur assez puissant qui leur permettait de voir facilement, mais qui du coup pouvait également signaler la présence du navire aux alentours, amis comme ennemis.

Tony aperçu du mouvement près des chaloupes de secours il envoya immédiatement un message à son second et se dirigea aussitôt vers les lieux.

Comme il s'y attendait, l'homme se trouvait bien là, mais avait un comportement plutôt étrange. Il semblait aller et venir sans trop savoir où il devait aller. Il regardait également dans le vide.

— Monsieur ? appela Tony. Il faut revenir à l'intérieur. C'est dangereux par ce temps-là de rester dehors !

— Il faut les prévenir ! cria celui-ci en continuant son manège. Le navire va sauter ! Il faut les prévenir !

— Monsieur ? Est-ce que tout va bien ?

— Il faut les prévenir ! répétait-il sans cesse sans se soucier du Capitaine. Le navire va sauter ! Il faut les prévenir !

Gaverik et Jeek arrivèrent en même temps.

— Ce type est fou, dit Tony. Il n'arrête pas de tourner en rond en répétant sans cesse la même chose.

Jeek observa le manège de celui-ci.

— Non, il est en état de choc, on n'arrivera pas à le ramener à la réalité. Il va nous falloir intervenir pour le ramener.

— Il risque de passer par-dessus bord ou de sauter de lui-même si on intervient, dit Gaverik.

Tony ne prit pas de gans, il se dirigea vers l'homme en question lui tourna une droite et le rattrapa au passage. Il le déposa doucement au sol.

— Maintenant, vous pouvez le ramener à l'infirmerie et mettez un garde devant celle-ci qu'il n'y sorte plus !

Il retourna dans sa cabine sans se retourner.

— Ben ça, ça le mérite d'être direct et rapide, dit Gaverik en se dirigeant vers l'homme pour le ramener à l'infirmerie.

Jeek s'empressa de l'aider.

— Je me demande où il a mis son humanisme notre capitaine ? fit celui-ci.

— Elle est tombée à l'eau il y a un an, en même temps que son meilleur ami, répondit Gaverik.

Tony reprit la lecture de son livre. Il s'endormit qu'au petit matin, une fois que la tempête fut réellement calmée.

Il fut en colère en ne se réveillant que sur les coups de midi. Il avait bien compris que son second et ce médecin avaient omis délibérément de le réveiller. Il se prépara rapidement et se dirigea au mess pour aller prendre son déjeuner. Comme il s'y attendait, il les trouva tous les deux assis à la même table et le regardait en souriant.

— Bien dormi ? fut la première question de Jeek.

— À votre avis ? répondit Tony en posant son plateau-repas en face d'eux.

— Aucun dégât dû à la tempête, informa Gaverik. Les passagers n'ont pas trop râlé cette fois.

— Normale, elle a eu lieu cette nuit. Je dirais même que la plupart sont encore en train de dormir, répondit Tony. Au moins, on aura un peu la paix aujourd'hui.

— J'ai par contre des nouvelles des plus inquiétantes, il semblerait que trois navires aient été attaqués dans le coin au cours du mois. Je pense sincèrement que nous devrions quitter ce secteur, dit Gaverik.

— Vous avez demandé des renseignements par rapport à l'inconnu que nous avons récupéré ? demanda Tony entre deux bouchées.

— Pour eux, il n'y a aucune demande de disparu ou autres. Ils ne comprennent pas.

— Un navire non répertorié ? proposa Jeek.

— Soit son bateau a été attaqué et on n'en a pas encore été informé, soit ce type fait tout simplement partie des pirates, dit Gaverik.

— Dans cette éventualité, il vaudrait mieux le tenir sous surveillance, fit Tony.

— D'autant plus que certains passagers commencent à poser des questions.

— Qu'ils s'en posent des questions, en ce qui concerne ce navire, c'est moi qui décide et non eux, répondit Tony sur un ton qui ne tolérait aucune remarque sur le sujet. Leur rôle à eux est de s'amuser, et de dépenser. Ce qu'ils savent très bien faire d'ailleurs.

Tony se leva et déposa son plateau avant de retourner sur la passerelle prendre son poste.

— Notre Capitaine devient-il de plus en plus aigri où me ferais-je des idées ? demanda Gaverik.

— Non, tu ne te fais pas des idées, confirma Jeek. Je crains bien qu'il se renferme de plus en plus. Certaines blessures ne se guérissent pas. Elles auraient même tendance à s'aggraver avec le temps.

2

Tony attendait sur le dernier pont que l'hélicoptère ait enfin déposé ce nouveau client impromptu avant de venir le rejoindre. On venait juste de les prévenir par radio qu'un client habituel allait arriver d'ici peu en hélicoptère. Cela arrivait certaines fois. Mais le navire ayant pris une autre route, ils avaient dû les contacter par radio pour les retrouver. Son expression changea subitement lorsqu'il reconnut celui-ci. Un homme en costume assez chic. Les cheveux teints d'un blond jaune poussin, cette expression d'homme vivant de luxe ne se préoccupant pas des autres…

— Il manquait plus que celui-là, soupira Gaverik qui l'avait accompagné. Tu me promets que tu ne le tueras pas avant la fin du voyage ?

— Je ne peux rien te promettre, dit Tony en se dirigeant vers celui-ci tandis que l'hélicoptère reprenait son envol.

— Capitaine Santini ! s'écria l'homme en souriant et en se dirigeant vers eux. Je suis ravi de vous revoir !

— Permettez-moi de ne pas en dire autant Monsieur Sanders, répondit Tony.

— J'adore votre humour ! répondit Sanders. J'ai vraiment eu du mal à vous trouver, vous savez ! N'auriez-vous pas changé de cap par hasard ?

— Que me vaut votre présence indésirable sur mon navire ? demanda Tony.

— Eh bien, comme j'ai quelques jours de vacances je me suis dit pourquoi ne pas les passer sur ce magnifique navire !

— Il y a d'autres navires de ce type certainement moins cher, répondit Tony.

— Oui, mais les autres ne peuvent pas se vanter de m'avoir sauvé la vie !

— Donnez-lui ses quartiers habituels, dit Tony à son second avant de repartir sur la passerelle. Et vous monsieur Sanders, je vous préviens, si je vous revois sur le pont un jour de tempête, je vous jette moi-même à la mer !

Sanders se mit à rire.

— J'adore votre humour ! répondit-il en suivant Gaverik.

— Je ne suis pas sûr qu'il rigolait en disant cela, affirma Gaverik avant de rejoindre lui aussi la passerelle.

Il laissa celui-ci devant sa cabine avec l'homme qui portait les bagages.

Sanders leur jeta un regard mauvais une fois qu'ils furent suffisamment loin pour ne pas le voir.

— J'aimerais vous y voir, dit-il finalement. Vous ne savez pas ce qui vous attend. Et croyez-moi, méfiez-vous que cela ne soit pas moi qui vous fasse jeter à la mer. Je vous ai raté la première fois, à cause de votre ami, mais là, je vous assure que je ne vous raterais pas.

Il suivit le porteur de bagage avec un sourire qui en disait long sur ses intentions.

Tony resta toute l'après-midi sur la passerelle. Il lui avait fallu un bon moment pour se calmer après la visite de ce Sanders. Il préférait éviter de le rencontrer le plus possible sachant pertinemment que les menaces qu'il avait proférées à son encontre n'avaient pas été des menaces anodines. Tony se connaissait parfaitement bien. Et surtout, il avait une excellente raison d'agir ainsi.

Il rejoignit son second et le médecin de bord au mess pour le repas du soir. Il mangea sans vraiment appétit.

— Notre inconnu s'est réveillé tout à l'heure, informa Jeek. Vous devriez venir le voir Capitaine.

— Pour quoi faire ? demanda celui-ci.

— Eh bien, ne serait-ce que pour vous rendre compte par vous-même.

— A-t-il dit quelque chose ?

— Pas vraiment. Il semble un peu perdu.

— Je passerais le voir tout à l'heure, répondit celui-ci en se levant et en ramenant son plateau.

Jeek et Gaverik le regardèrent sortir.

— C'est de pire en pire, constata Gaverik. Il est vraiment en train de perdre le peu d'humanités qu'il possède.

— Si ce Sanders est présent, c'est tout à fait logique, répondit Jeek. Devoir supporter ce type, je me demande comment il peut faire. À sa place, je l'aurais tué sur place.

— C'est bien ce qui me fait peur. Car il en serait bien capable.

— Il va très certainement encore plus éviter le pont des invités maintenant.

— Il se renferme de plus en plus, constata Gaverik.

— C'est bien ce qui m'inquiète, confirma Jeek.

Lorsque Tony arriva à l'infirmerie, il aperçut l'inconnu assis sur son lit en train de lire un livre. Celui-ci leva automatiquement les yeux vers lui.

Ce fut soudain un choc pour Tony. Il n'avait jamais vraiment regardé cet homme finalement. Ses cheveux clairs, ses yeux d'un bleu azur. Tout le contraire de Tony qui avait les yeux sombres et les cheveux courts tout aussi sombres.

— Je suis le capitaine Santini.

— Alors, c'est vous que je devrais remercier pour m'avoir sauvé ?

Ce fut un deuxième choc pour Tony. Cet homme avait une voix majestueuse. Une voix qui lui rappelait une personne…

— Pardonnez-moi, mais je ne peux vous donner mon nom, informa celui-ci. Je ne me rappelle de rien du tout. Je ne sais même pas ce que je faisais en mer.

— Je vais devoir vous consigner ici, répondit Tony. Pour votre sécurité, la nôtre et celle des passagers qui se trouvent à bord.

— Je comprends, répondit celui-ci. Je suis sur votre navire, j'obéirais à vos ordres Capitaine. Quoi qu'il arrive.

— Je vous remercie de votre compréhension.

Tony ressortit aussitôt et dut se calmer un moment dans le couloir. Il retourna finalement dans ses quartiers.

Cette nuit-là il refit ce rêve étrange. Mais cette fois, il apercevait cet homme qui le regardait avec ses yeux clairs avec cette expression de tristesse…

Tony se réveilla en sursaut. Il faisait déjà jour. Il regarda sa montre et finalement se leva. Il se prépara rapidement et s'apprêtait à prendre son poste lorsqu'il fut appelé sur le pont des invités. Il comprit qu'il devait certainement y avoir une énième dispute avec certains d'entre eux comme c'était souvent le cas la plupart du temps avec ces gens-là.

— Vous plaisantez ? cria Sanders. Vous chantez comme une casserole !

— Comment osez-vous ? répliqua Madame Lan. Vous êtes bien impoli, Monsieur !

— Qu'est-ce qui se passe encore ? demanda Tony sur un ton qui fit sursauter tout ce beau monde.

— Cette femme se prendre pour un ténor le matin, et tout le pont en profite ! se plaignit Sanders. Elle pourrait au moins se contenter de chanter sous sa douche !

— J'ai pris des cours de chant dans une maison réputée !

— Eh bien, vous avez dû grassement les payer pour vous supporter !

— Je ne vous permets pas ! s'offusqua celle-ci.

— Bon maintenant ça suffit tous les deux ! hurla Tony. Madame Lan, vous avez des salles qui sont entièrement à votre disposition pour vous entraîner au chant sans en faire profiter tout le monde. Le pont est un lieu public donc vous devez respecter les autres convives.

— Monsieur Sanders, à l'avenir, essayez de dire les choses avec plus de diplomatie. Et si vous voulez vous battre tous les deux, il existe également des salles prévues pour ça sans que tout le monde en profite gratuitement !

Tony se retourna et repartit sur la passerelle.

— Il paraît qu'il y a eu du grabuge ce matin ? demanda Gaverik en arrivant.

— Oui, toujours les mêmes, répondit Tony qui était en train d'étudier un rapport. Je ne sais pas si je vais encore les supporter longtemps ces deux-là.

— Ce sont nos meilleurs clients.

— Il y en a d'autres, répondit Tony. D'autres qui sont plus intéressants que ces deux potiches bourrées de frics.

— J'ai discuté avec notre inconnu, dit Gaverik pour changer de sujet. Il semble vraiment perdu. D'après Jeek, c'est fort possible qu'il ait perdu la mémoire après un choc conséquent.

— On ne peut pas prendre de risque le concernant, répondit Tony en continuant de feuilleter le dernier rapport. As-tu eu des nouvelles des autorités du coin ?

— Pas d'autres attaques signalées pour le moment. Pas de disparition signalée non plus. Mais ça ne veut rien dire non plus.

— Nous devons rester vigilants tout de même.

— Les gardes effectuent des rondes régulières. Pour l'instant rien à signaler. Nous avons réduit les luminosités le soir afin de ne pas être trop voyants. Nous arriverons au prochain port demain dans l'après-midi.

— Veillez à ce que nos invitées ne s'éloignent pas trop. Ce n'est pas un endroit sûr.

— Et pour notre inconnu ?

— On le débarque comme prévu et on le confie aux autorités compétentes. Ils effectueront les recherches pour retrouver son identité. Ce ne sera plus de notre ressort.

Tony ne perçut pas le regard que lui portait Gaverik. Il continua d'étudier le dernier rapport et le tendit à son second après les avoir signés.

— Tout semble en ordre, dit Tony avant de se lever et de quitter la passerelle.

Tony fit un tour à l'infirmerie. Il trouva l'inconnu assis dans un fauteuil toujours un livre à la main.

— Demain, nous arriverons au port le plus proche, informa Tony. Je vous confierais aux autorités compétentes. Ce sera à elles de trouver une solution pour votre cas.

— Entendu, répondit celui-ci.

Tony repartit en direction du mess. Il se prit un café et s'installa à une table pour le boire tranquillement.

— Alors vous ne changerez pas d'avis ? demanda Jeek en prenant place à ses côtés.

— Sur quel sujet ? demanda Tony en levant les yeux sur celui-ci.

— Concernant notre inconnu. Vous allez le larguer dans ce port insalubre ?

— Son cas ne relève pas de mon ressort.

— Vous savez très bien ce qui va lui arriver. Ils ne vont pas faire grand-chose pour retrouver son identité. Ils vont le larguer à leur tour dans la rue et il ne pourrait pas quitter ce lieu sans papier. Il deviendra un sans-abri.

— Tu préconises quoi dans ce cas ? demanda Tony subitement hors de lui. Je ne suis pas une nounou ! Et les convives n'apprécieraient certainement pas la présence de cet inconnu sur le navire !

— Depuis quand tu t'intéresses à ce que pensent les convives ? répondit Jeek sur le même ton.

Tony ne répondit pas. Il se leva encore plus furieux et retourna sur la passerelle.

— Capitaine, fit Jeek. Votre cas devient de plus en plus désespérant. Il serait grand temps

Tony fit le tour de la passerelle pour tenter de se calmer. Jeek l'avait vraiment mis hors de lui. Il se demandait bien ce qui lui avait pris. Il savait pourtant qu'il ne pouvait pas garder cet inconnu. Ils ne savaient rien de lui. Et s'il s'avérait qu'il fasse partie de l'équipage des pirates ? penserait-il toujours de la même façon ?

À l'arrivée de son second, Tony repartit sans rien dire. Laissant celui-ci totalement perplexe.

Tony passa le reste de la journée à s'entrainer dans la salle de sport réservé au personnel du navire. Lorsqu'il fut totalement trempé de sueur, il retourna dans ses quartiers prendre une bonne douche. Il se fit apporter son dîner directement dans ses quartiers. Il n'avait pas envie de manger avec son second et le médecin de bord. Il se contenta de passer la soirée avec un nouveau livre.

Il passa la pire nuit de toute sa vie. Non seulement il refaisait sans cesse ce mauvais rêve dès qu'il s'endormait un tant soit peu. Mais il se trouvait toutes sortes d'excuses pour confirmer le fait que c'était la meilleure chose à faire pour l'inconnu de le laisser au prochain port lorsqu'il était réveillé.

Finalement, il fut l'heure de reprendre son poste avant qu'il n'ait pu dormir. Il se leva en soupirant.

— Me voilà quitte pour un autre café ultra corsé, dit-il en quittant ses quartiers.

Ils arrivèrent au port plus tôt que prévu. Tony se trouvait sur la passerelle pour les manœuvres d'arrimage. Cette opération pouvait s'avérer dangereuse parfois. Surtout à certains endroits et lorsqu'il s'agissait de petits pays avec peu de moyens comme c'était le cas pour celui-ci.

Tony se leva pour se rendre au port avec son second. Jeek vint les rejoindre accompagné de l'inconnu. Ils visitèrent rapidement le port avant de se rendre aux autorités compétentes.

Tony y entra seul avec l'inconnu. Ils furent accueillis par un représentant de l'ordre d'un certain âge.

— Nous avons bien reçu votre demande Capitaine Santini. Vous savez, nous avons des moyens plutôt limités dans notre pays et nous n'avons pas de très bon contact avec certains pays que vous côtoyez régulièrement. Ils risquent de nous mettre des bâtons dans les roues si vous voyez ce que je veux dire.

— Je suis étonné que vous acceptiez que nous nous arrêtions chez vous dans ce cas, répondit Tony qui venait soudain de comprendre que cela ne semblait pas les satisfaire de devoir accueillir cet inconnu.

— Les ordres capitaines. Je dois suivre les ordres. En mouillant votre navire chez nous, avec le type de passager que vous possédez qui dépensent sans compter. Il est difficile de refuser.

— L'argent n'a pas d'odeur, dit finalement Tony.

— Je vais vous dire ce qui risque de se passer pour cet homme. Il va très certainement rester quelque temps au centre de soins. Nous allons transmettre son signalement à tous les pays. Son dossier va s'empiler sous d'autres dossiers. Il est quasiment sûr qu'il sera encore là dans dix ans.

— Et s'il retrouve la mémoire entre-temps ?

— Et s'il ne la retrouve pas ? répondit l'agent avec sérieux. On ne peut pas négliger cette éventualité. Nous ne possédons pas les mêmes technologies médicales de votre pays Capitaine.

— Je ne voudrais pas vous déranger, dit soudain l'inconnu à Tony.

— Très bien, je comprends la situation, dit Tony en se levant. Je vais réfléchir à la situation.

— Je vous remercie, répondit l'agent de service qui se leva lui aussi.

L'inconnu fit de même ne sachant pas du coup ce qu'il devait faire.

— Pour l'instant, restez à mes côtés, lui dit Tony.

Lorsqu'ils sortirent du poste de police, Tony ne fut pas étonné de ne pas y trouver Gaverik et Jeek. Ceux-ci étaient très certainement en train de prospecter dans la ville à la recherche de quelques objets intéressants.

Tony avait prévu de repartir dès le lendemain aux premières lueurs de l'aube. Tout le monde avait été prévenu et tous devaient avoir rejoint le navire bien avant leur départ. Nul ne doute que certains convives allaient très certainement revenir totalement émécher au milieu de la nuit. Les gardes devaient rester sur le navire pour parer à toute éventualité.

Tony visita la ville en compagnie de l'inconnu. Il prospecta surtout les vieilles librairies à la recherche de vieux livres. Il en acheta d'ailleurs plusieurs en cours de route.

— Vous aimez les livres vous aussi, dit finalement l'inconnu.

— Vous aussi apparemment. Je vous vois toujours avec un livre à la main.

— Je pense, même si je ne m'en souviens pas.

Tony acheta même un livre que l'inconnu avait feuilleté pendant un bon moment. Ils mangèrent dans un petit restaurant au centre de la ville.

— Je ne pense pas pouvoir vous rembourser le repas, fit l'inconnu visiblement gêné.

— C'est moi qui vous invite, répondit Tony en l'observant attentivement.

Tony n'arrivait pas à se décider. Devait-il le laisser dans ce port minable ou bien garder cet homme sur le navire au risque de provoquer les foudres des passagers. Au fond de lui-même il savait qu'il avait déjà la réponse à sa question. Il avait autant envie que cet homme reste comme il avait autant envie qu'il disparaisse de sa vie. Quelque chose lui faisait peur en présence de celui-ci. Quelque chose qu'il savait puissant. Quelque chose qu'il n'arriverait pas à combattre même si il savait pertinemment qu'il essayerait.

Ils rentrèrent finalement au navire avant la nuit. Tony s'apprêtait à monter sur le pont lorsqu'il sentit l'hésitation de l'inconnu.

— Au cas où vous ne l'auriez pas compris, je ne peux pas vous laisser seul en ces lieux. Les autorités m'ont bien fait comprendre qu'ils ne voulaient pas s'embarrasser avec vous. Ils ne s'occuperont pas de votre cas.

— Mais je ne pourrais pas vous payer et…

— On trouvera bien une tâche que vous pourrez effectuer sur ce bateau, si c'est cela qui vous préoccupe le plus, répondit Tony en montant sur le pont sans se retourner.

L'inconnu le suivit sans trop quoi penser. Au fond de lui il en était soulagé.

Tony le conduisit dans des quartiers se trouvant à côté des siens.

— Ce sont vos quartiers à partir de maintenant, l'informa-t-il en ouvrant la porte et en lui tendant les clés.

— Mais…

— Tout homme qui travaille sur ce navire possède ses quartiers. Je vous demanderais juste de ne pas aller sur le pont des convives et de rester sur le pont des officiers. Tenez.

Tony lui tendit le livre qu'il avait acheté pour lui.

— Les soirées sont bien mornes sans une bonne lecture. Nous possédons également notre propre bibliothèque sur le navire. J'enverrais Gaverik demain pour voir ce que vous pouvez effectuer comme tâches.

— Je ne sais comment vous remercier Capitaine.

— Ne me faites pas regretter ce que je viens de faire, répondit simplement celui-ci avant de se retourner et de rentrer dans ses quartiers.

Il s'appuya sur la porte et poussa un soupir.

— Mon Dieu, mais qu'est-il en train de se passer ?

3

Jeek s'empressa de rejoindre Gaverik au mess.

— Tu connais la nouvelle ? lui demanda-t-il en prenant place en face de lui.

— Je parie que tu vas me dire que l'inconnu est resté à bord, répondit celui-ci en souriant.

Jeek resta médusé quelques secondes.

— Moi qui voulais t'en boucher un coin ! fit-il visiblement déçu.

— Je connais le Capitaine plus longtemps que toi Jeek. Et je peux même te dire que cet inconnu lui a tapé dans l'œil.

— Quoi ? Tu plaisantes ?

— Non, répondit Gaverik avec sérieux. N'as-tu pas remarqué son comportement depuis qu'il l'a rencontré en face ?

— J'ai surtout remarqué qu'il devenait de plus en plus bougon.

— Justement ! Pour l'instant il est dans une phase de rébellion avec lui-même, commença Gaverik tout aussi sérieusement.

Jeek resta quelques secondes sans bouger gardant sa fourchette levée.

— Lorsqu'il aura enfin compris qu'il a perdu cette bataille, on arrivera à la phase deux, continua Gaverik en continuant de manger.

— La phase deux, répéta Jeek.

— Oui, la phase des questions sur l'inconnu. Est-il gay lui aussi, le trouve-t-il attirant ?

— Tu ne pousses pas le bouchon un peu trop loin là ? C'est de notre Capitaine dont on parle. Et puis rien ne dit que cet inconnu soit gay également.

— Il est, affirma Gaverik.

— Comment peux-tu savoir ça ?

— Parce que je le sais. Je te parie même que le Capitaine lui a donné les quartiers libres qui se trouvaient à côté des siens.

Jeek se trouva une deuxième fois avec la fourchette en suspension. Ce qui fit bien évidemment rire Gaverik.

— Y a-t-il une chose que tu ne saches pas ou que tu ne devines pas ? lui demanda-t-il finalement totalement dépité.

— Sa famille, je ne sais pas si sa famille viendra récupérer cet homme. Ce sera, je pense, le seul obstacle dans leur future histoire d'amour.

— Je vois. Donc je n'ai rien à t'apprendre de plus.

— Pas vraiment non. Désolé de te décevoir. Par contre, ça risque de chauffer avec certains passagers.

— Je doute que cela effraie notre Capitaine.

— Sauf que ça peut partir en sucette.

— On verra bien. Le cas échéant, nous épaulerons le Capitaine.

Lorsqu'ils eurent fini de déjeuner, ils montèrent sur le pont où se trouvait la passerelle.

Tony ordonna de quitter le port une fois qu'il fut totalement sûr que tout le monde était bien à bord. Comme il s'y attendait, il fut convié au pont des convives quelques heures seulement après leur départ. Plusieurs d'entre eux l'attendaient visiblement de pied ferme.

— Nous avons appris que vous avez gardé cet inconnu à bord ! commença Madame Lan sur un ton de reproche.

— Est-ce bien prudent Capitaine ? demanda Sanders.

— Qui nous dit qu'il ne va pas nous dépouiller voire même nous voler ? fit un autre.

— Peut-être qu'il pourrait nous tuer, dit un autre.

— Qui est le Capitaine à bord de ce navire ? demanda tranquillement Tony.

Il n'aperçut pas Jeek qui l'observait de loin.

— Qui est le capitaine de ce navire ? répéta Tony en levant légèrement le ton.

— Vous bien évidemment ! répondit aussitôt Madame Lan.

— Donc, qui est le seul habilité à prendre les décisions à bord ?

Cette fois personne ne répondit.

— On est bien d'accord dans ce cas ! dit Tony en se retournant et en retournant sur le pont.

Jeek s'éclipsa lui aussi en souriant.

Gaverik avait donné des tâches de nettoyage à l'inconnu. D'un commun accord, ils avaient décidé de l'appeler Jordy en attendant que celui-ci retrouve éventuellement la mémoire. Jordy s'attela à la tâche avec sérieux. Visiblement, il semblait heureux de servir à quelque chose.

Tony fut de nouveau convoqué le lendemain. Cette fois ce fut Sanders avec un autre convive qui l'attendait.

— On m'a prévenu que vous vouliez me voir ?

— Oui, répondit aussitôt Sanders. Cette nuit on m'a volé.

— On vous a volé ? demanda Toy avec surprise.

C'était bien la toute première fois que cela arrivait sur son navire.

— Oui, pendant que j'étais à la réception comme tous les soirs. J'ai retrouvé la porte de mes quartiers ouverte et plusieurs objets ont disparu. Des objets de valeurs Capitaine.

— Pouvez-vous m'en faire une liste ?

— Je l'ai déjà établi, répondit celui-ci en lui donnant une feuille.

— Très bien, je vais voir ce que je peux faire.

— Moi aussi j'ai été volé cette nuit, dit l'autre convive. J'ai également établi une liste de ce qu'il me manque.

Tony prit également la liste de celui-ci.

— Vous ne trouvez pas ça étrange ? commença Sanders. Cela fait des années que je viens sur ce navire et c'est la toute première fois que je suis confronté à un vol.

— Auriez-vous des soupçons sur une personne en particulier ? demanda aussitôt Tony s'attendant déjà à la réponse.

Il n'avait qu'une envie, c'était de jeter ce type par-dessus bord. Il se demandait d'ailleurs comment il pouvait rester aussi calme devant celui-ci.

— Capitaine, je ne voudrais pas accuser à tort un innocent, mais avouez que cela est étrange non ?

— Je répète ma question, Monsieur Sanders, avez-vous des soupçons sur une personne en particulier ?

— Eh bien, il y a cet inconnu et…

— Il a reçu l'ordre de ne pas aller sur le pont dédié aux convives.

— Et qui dit qu'il a respecté vos ordres ? demanda l'autre convive.

— Il est sous la surveillance de mon second et de mon médecin de bord. Que voulez-vous de plus ?

— Eh bien, si vous pouviez jeter un œil dans ses quartiers…

— Ce sera fait. Autre chose ?

— Non capitaine, répondit Sanders visiblement satisfait. Nous vous remercions de votre compréhension.

Tony fit demi-tour et se dirigea vers les quartiers des officiers. Encore un peu plus longtemps avec ce type, il l'aurait tout simplement jeté par-dessus bord… Il rencontra Gaverik dans le couloir.

— Venez avec moi Gaverik !

Celui-ci le suivit immédiatement comprenant qu'il y avait un problème. Tony frappa à la porte des quartiers de Jordy.

— Entrez ! répondit celui-ci.

Tony entra en compagnie de Gaverik.

— Jordy… je suis désolé de vous imposer ça, mais, il semblerait que certains des convives aient été volés cette nuit.

— Ah, je comprends, fit celui-ci en se levant. Ils pensent que c'est moi et ils vous ont demandé de jeter un œil dans mes quartiers.

— Vous avez tout compris.

— Capitaine, vous pensez bien que c'est des mensonges ! dit Gaverik.

— Écoutez, on ne va pas en faire une histoire, dit Jordy. Fouillez mes quartiers et vous pourrez les rassurer ensuite. Je n'ai rien à me reprocher Capitaine. Mais étant nouveau sur ce navire il est normal que les soupçons se portent sur moi.

— Cela ne vous dérange pas ? demanda Gaverik ?

— C'est vexant bien évidemment, mais bon, que pouvons-nous y faire ? Et si cela permet de lever le doute…

— Je suis sincèrement désolé, dit Tony.

— Ne le soyez pas Capitaine. Je comprends tout à fait.

Tony et Gaverik fouillèrent le moindre recoin. Ils ne trouvèrent rien.

— Je pense que tout est dit, fit Gaverik.

— Au moins, nous sommes deux à le constater, rétorqua Tony.

— C'est peut-être un autre convive qui a fait le coup.

— Où, c'est juste un mensonge, ajouta Tony.

— Désolé de vous avoir dérangé.

— Ce n'est rien, dit Jordy en reprenant sa place sur le fauteuil et en continuant de lire son livre.

Tony ressortit accompagné de Gaverik.

— Ramène-moi la liste complète des passagers, je souhaiterais faire une vérification, demanda soudain Tony.

— Je te l'amène dans tes quartiers ?

— Oui.

— Entendu.

Gaverik repartit sur la passerelle tandis que Tony se rendit au mess prendre un énième café. Il y trouva Jeek qui se prenait une pause lui aussi.

— J'ai appris ce qui s'était passé cette nuit. Bien évidemment, je présume que le coupable a été tout trouvé.

— Tu supposes bien, répondit Tony en prenant place en face de Jeek. Je reviens des quartiers de Jordy avec Gaverik. Nous avons fouillé partout.

— Et bien évidemment, vous n'avez rien trouvé, continua Jeek.

— En même temps, il faudrait vraiment être stupide pour rapporter le butin d'un vol dans ses propres quartiers.

— Tu penses que c'est lui ?

— Sincèrement ? Non. Je pense qu'il a d'autres chats à fouetter.

— Il a l'air de bien travailler. Gaverik semble entièrement satisfait de son travail.

— Ce qui me chagrine c'est que les gardes n'aient rien remarqué cette nuit.

— C'est peut-être un vol monté de toutes pièces. Tu connais Sanders. Ce n'est pas un type en qui je ferais confiance.

— C'est clair, répondit Tony.

Et il était bien placé pour le savoir. Mieux que quiconque en réalité.

— Il y a une chose qui te chagrine ? demanda soudain Jeek. Je le vois bien.

— Je pense qu'il va nous arriver quelque chose. Je ne sais pas encore quoi mais je le sens. C'est un peu comme lorsque je sens ces satanées tempêtes, mais là c'est légèrement différent.

— Je vais prévenir les hommes qu'ils restent sur leur garde.

Tony retourna sur le pont. Il inspecta les environs avant de retourner sur la passerelle. Cette nuit-là, c'était lui qui était de garde. Il avait demandé à Jeek de jeter un œil sur les quartiers de Jordy. Sur son ordre on avait éteint la plupart des lumières sur la plupart du navire. Il voulait éviter que certains convives se baladent au beau milieu de la nuit C'était donc seulement avec le faible éclairage des ordinateurs de bord qu'il effectuait sa surveillance. Deux hommes se trouvaient également sur la passerelle avec lui. Il se passa quelques heures avant qu'il ne remarque une faible lueur sur le pont. Celle-ci semblait clignoter par intermittence. Cela s'arrêtait puis cela reprenait. Il appela aussitôt son second en urgence. Celui-ci arriva quelques minutes plus tard.

— Merde ! s'écria aussitôt celui-ci en apercevant les jeux de lumière. C'est une forme de communication ! Qui que ce soit il envoie un message !

— Un message ? Mais à qui ?

— Certainement un autre navire.

— Ne me dit pas qu'ils sont en train de donner notre position ! s'écria à son tour Tony.

— Regarde ! dit Gaverik en levant sa main désignant un endroit sur le côté.

— Bon sang ! Il est en train de recevoir une réponse !

— Faut le choper ce type ! cria Gaverik en se précipitant vers la sortie.

Tony appela aussitôt Jeek.

— Dis-moi que Jordy est bien dans ces quartiers !

— Non, il est parti prendre un autre livre à la bibliothèque pourquoi ? lui répondit celui-ci.

— Merde ! Il faut le retrouver ! Il y a un type qui est en train de donner notre position à un autre navire !

— Je vais aller le retrouver !

— Surveillez les alentours, ordonna Tony aux deux hommes qui étaient restés avec lui sur la passerelle. Si le moindre bateau suspect s'approche, sonnez immédiatement l'alarme !

— Oui capitaine ! répondirent aussitôt les deux hommes.

Tony prit une lampe de poche et sortit sur le pont à son tour. Il se déplaça en silence et en restant dans l'ombre. Mais lorsqu'il arriva sur les lieux présumés où devait se trouver l'individu, il ne trouva que Gaverik.

— Il s'est barré ! l'informa celui-ci. J'ai inspecté les environs et je n'ai rien trouvé.

— Alors on ne sait pas de qui il pourrait s'agir ?

— C'est une personne du navire. C'est sûr.

— Certainement pas un de nos hommes. Il va falloir changer de route sans en informer les passagers, informa Tony.

— Je m'en occupe.

— Nous avons une question à régler également. Il s'avère que Jordy n'était pas dans ses quartiers.

— Aille, répondit Gaverik en suivant Tony.

Il se demandait si Jordy ne leur avait pas menti finalement. C'étaient-ils fait avoir ?

Ils se dirigèrent rapidement devant les quartiers de Jordy qui revenait justement avec quelques livres en mains.

— Il y a un problème ? demanda celui-ci.

— Où étiez-vous ce soir ? demanda Tony.

— Je suis allé à la bibliothèque pour aller me chercher d'autres livres à lire. Pourquoi ?

— Je vais devoir vous demander de rester consigné dans vos quartiers jusqu'à nouvel ordre.

— Il y a encore eu un vol ? demanda Jordy.

— Et vous avez besoin d'une lampe de poche pour vous rendre à la bibliothèque ? demanda Gaverik.

— Sur un navire, c'est toujours préférable en cas de panne de courant, répondit Jordy. Et la lumière n'est pas très forte je trouve ce soir.

— On vous accompagne jusqu'à vos quartiers.

— Je vois, répondit celui-ci en tournant la clé dans la serrure et en entrant à l'intérieur.

Il tendit les clefs à Tony.

— Je vous remercie de votre compréhension, dit Tony en prenant les clefs et en fermant la porte. Il appela un garde et lui ordonna de rester devant la porte lui spécifiant bien que Jordy ne devait pas sortir sans on autorisation ou celui de Gaverik.

— Ça nous avance pas plus que ça, dit Gaverik en accompagnant Tony sur la passerelle.

— Mieux vaut ne rien dire aux convives. Il n'est pas totalement exclu non plus que l'un d'eux soit le coupable.

— On verra bien demain. Je fais changer la direction du navire immédiatement.

Je vais faire un tour sur le pont une dernière fois, informa Tony.

— Fais attention, on ne sait pas qui est la personne qui a envoyé le message ni quel message a été envoyé. Ce n'est pas du morse donc certainement un code bien spécifique.

— Je pense savoir me défendre, répondit Tony en souriant avant de sortir de nouveau.

Il inspecta le pont en marchant silencieusement dans le noir. Ce n'était pas la première fois qu'il le faisait et ce n'était certainement pas la dernière. Il crut entendre du bruit à un moment donné, mais en approchant des lieux il ne trouva pas âme qui vive. Il descendit sur le pont des convives. Il continua de marcher lentement en scrutant les alentours. Il sentit soudain du mouvement de l'autre côté. Tony accéléra le pas et inspecta les environs.

Il aperçut une silhouette au loin qui s'éloignait en direction des quartiers des convives. Tony le suivit en toute discrétion. L'ombre se dirigeait vers les quartiers de Madame Lan. Tony vit la porte s'ouvrir et put apercevoir la silhouette de Sanders dans l'entrebâillement de la porte.

Les deux convives s'embrassèrent longuement avant de finalement rentrer à l'intérieur.

— Vous en faites des cachotteries, Monsieur Sanders. Comme ça vous n'aimez pas Madame Lan…

Le jour commençait à se lever. Tony décida de retourner sur la passerelle.

— Tu as trouvé quelque chose ? demanda Gaverik.

— J'ai aperçu une silhouette qui se baladait dans quartier des convives. Figure-toi que Monsieur Sanders semble avoir une liaison avec Madame Lan.

— Non ? s'exclama Gaverik. Je croyais qu'ils ne pouvaient pas se sentir ces deux-là ?

— Eh bien, tu connais le proverbe, qui aime bien châtie bien.

— N'est-elle pas mariée, Madame Lan ?

— Si bien sûr, répondit Tony en souriant.

— Je pense que nous devrions interroger notre invité, proposa Tony. Puisqu'il est consigné dans ses quartiers et ne possède pas de portable, il ne pourra pas prévenir qui que ce soit.

4

Jordy comprit qu'il n'allait pas passer un bon moment en apercevant Tony et Gaverik entrer dans ses quartiers la mine grave.

— Je n'ai rien volé, dit-il en restant assis sur le fauteuil avec son livre.

— Nous ne sommes pas venus pour un vol cette fois, répondit sèchement Tony.

Jordy comprit soudain que la situation était plus grave qu'il ne le pensait. Il posa lentement son livre sur la table et attendit la suite.

— Depuis quelque temps il y a un groupe de pirate qui sévit en haute mer. Les navires comme le nôtre sont particulièrement prisés. Plusieurs navires ont été attaqués récemment. Nous somme pour l'instant un des seuls navires épargnés.

— Qu'ai-je avoir avec ça ? demanda Jordy.

— Hier soir, sur le pont, une personne a envoyé un message avec une lampe de poche et a reçu une réponse de la part d'un autre navire, informa Gaverik. Nous n'avons pas pu apercevoir qui elle était.

— Je vois. Vous pensez donc que c'est moi.

— Avouez que cela paraît suspect, le fait que vous soyez sortie de vos quartiers au même moment, répondit Tony.

— Je peux vous dire que ce n'est pas moi concernant hier soir, répondit Jordy calmement. Je ne peux pas en revanche vous affirmer que je ne fasse pas partie de ces fameux pirates, ne me souvenant pas qui je suis. Bien que j'espère que non.

— En attendant, je vous demanderais de ne pas quitter vos quartiers jusqu'à nouvel ordre, ordonna Tony. Bien évidemment, vous n'aurez aucun contact avec qui que ce soit à part nous.

— Je comprends, répondit Jordy.

— Jeek ou Gaverik pourront vous apporter d'autres livres en cas de besoin.

Tony et Gaverik ressortirent peu après.

— Si tu veux mon avis, je ne pense pas que cela soit lui le coupable, fit Gaverik.

— Qu'est-ce qui te fait dire ça ? demanda Tony.

— Mon instinct.

— Ton instinct ?

— Oui, le même que celui qui te fait prédire les tempêtes.

— Cela reste tout de même notre principal suspect, dit Tony en se dirigeant aux mess.

Gaverik le regarda s'éloigner avec dépit.

— Capitaine, ce que vous pouvez être obtus parfois !

Gaverik retourna sur la passerelle.

Tony rencontra Jeek au mess comme à son accoutumé.

— Alors ? demanda celui-ci. J'ai appris que tu avais consigné Jordy dans ses quartiers.

— Oui, répondit Tony.

— Crois-tu vraiment que cela soit lui le coupable ?

— Pour l'instant je n'ai pas d'autre suspect en vue. Et puis cela calmera tout le monde dans l'immédiat.

— Je suppose que tu vas veiller de nouveau cette nuit avec Gaverik.

— Tu supposes bien. Qui que ce soit nous devons retrouver ce type. Je ne peux pas prendre le risque que l'on se fasse attaquer à notre tour.

— D'autant plus qu'apparemment nous sommes parmi les seuls à ne pas y avoir encore passé, répondit Jeek.

— Nous avons changé de cap dans le cas où il aurait donné notre position. Cela devrait nous prémunir dans l'immédiat.

— C'est plus prudent en effet.

— Je ne sais pas pourquoi, mais j'ai bien l'impression que nous sommes les suivants sur la liste. Ce n'est qu'une question de temps.

Jeek regarda son capitaine débarrasser sa tasse et repartir aussitôt. Généralement, à chaque fois qu'il prédisait un événement cela arrivait. Et cela ne le rassurait pas vraiment.

Tony retourna dans ses quartiers pour se reposer. Il avait bien du mal à s'endormir et se posait un tas de questions. Il était surtout déçu sans vraiment comprendre pourquoi. S'était-il fait avoir avec cet inconnu. Il se demandait s'il avait bien fait de le garder à bord. S'il l'avait largué là-bas dans ce port, rien de tout cela ne serait arrivé. Aujourd'hui, il l'aurait sans doute oublié depuis longtemps et serait passé à autre chose. Que lui était-il passé par la tête en le ramenant sur le navire ? Maintenant, il n'avait plus envie de le voir partir. Ce type l'énervait comme autant il l'attirait. Il ne savait plus vraiment quoi faire ni quoi penser le concernant. Quelque chose l'attirait et l'intriguait. Quelque chose qu'il ne voulait pas voir repartir. Non, il ne pouvait plus le laisser partir.

Tony ne se réveilla qu'en début de soirée. Il passa vite fait au mess pour manger un morceau et prendre un café et commença sa veille de la nuit. Cette fois il fit plusieurs rondes sur le pont tandis que Gaverik veillait scrupuleusement sur la passerelle. Il ne se passa rien cette nuit-là.

— Cela ne veut rien dire, avait dit Gaverik au petit matin.

Il se passa une bonne semaine ou rien de spécial ne se passa. Quelques disputes au sein de certains convives, mais cela devenaient habituelles. Jordy était toujours consigné dans ses quartiers et ne semblait pas poser de problèmes. Il se contentait de lire. Chaque regard qu'il posait sur Tony le retournait totalement. Bien souvent celui-ci était obligé de prendre quelques minutes pour se reprendre.

Tony venait à peine de se lever qu'on l'appela en urgence à l'infirmerie. Lorsqu'il s'y rendit, il aperçut Jordy allongé sur l'un des lits avec Jeek à ses côtés.

— Que s'est-il passé ? demanda Tony.

— Ce matin, il a eu un malaise, répondit aussitôt Jeek. Un malaise qui pourrait être dû à sa perte de mémoire.

Tony observa Jordy qui semblait visiblement perturbé.

— Et ?

— Il ne se rappelle toujours pas qui il est, seulement il a vu certaines images dans sa tête qui pourrait vous intéresser.

— Je vous écoute.

— C'est encore embrouillé dans ma tête, répondit Jordy encore plus gêné. Et je n'y comprends pas grand-chose. Mais je vois des explosions. Je me vois prévenir pour des explosions. Je ne sais pas ce que tout cela veut dire.

Tony regarda Jeek avec étonnement. Il se rappelait le soir où il se trouvait sur le pont, il répétait toujours la même phrase. Tony se demandait s'il y avait un lien avec cette histoire de pirates. Les rumeurs disaient qu'ils employaient effectivement des petits explosifs avant et pendant leurs attaques. Que ferait-il si cet homme faisait partie de l'un d'eux ?

— Malheureusement avec ces informations, je suis contraint de vous laisser consigner dans vos quartiers.

— Je comprends, répondit Jordy.

Le dernier soir de surveillance Tony scruta l'horizon avec inquiétude. Il se trouvait sur le pont comme à l'accoutumée. Il y avait cette brise dans l'aire et cette sensation bien connue de danger. Une tempête s'annonçait. Mais cette fois, le danger était bien réel. Il s'empressa de remonter sur la passerelle prévenir ses hommes.

Gaverik qui était penché sur une console de commande leva la tête à son arrivée. Il comprit aussitôt de quoi il s'agissait en apercevant son expression.

— Une belle cette fois ? demanda celui-ci.

— Une vraie de vraie, répondit Tony. Cette fois, je crains qu'il faille préparer le navire.

— Combien de temps ?

— Cinq ou six heures, je dirais.

— Bien, je vais lancer la procédure.

Le navire fut aussitôt mis en alerte. Tout le personnel savait ce qu'il avait à faire. Ils devaient notamment fixer tout ce qu'ils pouvaient l'être afin que cela ne se balade pas pendant la tempête. Les convives avaient été prévenus et devaient rester dans leur quartier à partir des trois heures suivant l'annonce.

Tony et Gaverik après avoir pris un peu de repos, attendaient patiemment sur la passerelle. Comme ils s'y attendaient, le ciel devint de plus en plus noir à l'horizon. Des éclairs commencèrent à apparaître devenant de plus en plus fréquents. Le vent s'était mis à souffler et passait en rafale sur le pont entrainant de grosses vagues également. La pluie arriva brusquement en rafale. Tout le monde était à son poste et s'était préparé à passer une de leurs pires nuits.

Le navire fut lourdement secoué dans tous les sens. Tony et Gaverik qui étaient habituellement debout sur la passerelle avaient dû se fixer sur le siège respectif. Des voyants rouges commencèrent à s'allumer un peu partout sur les consoles. Quelques étincelles parfois surgissaient également. Cela dura plus de quatre longues heures. Lorsqu'elle commença à se calmer et qu'ils purent enfin se détacher, Tony regarda l'étendue des dégâts.

— Plusieurs pannes de courant sur le pont trois, cinq et six. Apparemment, il y aurait quelques blessées sans gravités. Aucun mort. Des réparations sont en cours un peu partout.

Tony s'apprêtait à sortir de la passerelle lorsqu'une explosion retentit et tous se retrouvèrent violemment au sol.

— Capitaine ! cria aussitôt Gaverik en se précipitant vers celui-ci.

— Je vais bien, répondit Tony en se levant difficilement.

— C'était quoi ça ?

— Une explosion ! informa l'un des hommes. Dans la salle des machines !

— Le navire est immobilisé, confirma Gaverik en se précipitant sur une des consoles. Nous ne pouvons plus bouger ! Nous sommes totalement bloqués !

— Il faut réparer et vite ! cria Tony.

Cette fois, il en était sûr, les pirates allaient certainement arriver d'un moment à l'autre.

— Scrutez les environs ! ordonna Tony avant de sortir. Sonnez l'alerte en cas de besoin !

— Oui capitaine !

Tony sortit immédiatement suivi de Gaverik. Ils se rendirent immédiatement dans la salle des machines. Ils y trouvèrent Jeek en compagnie de Jordy en train d'évacuer les blessés.

— Que s'est-il passé ? demanda Tony.

— Une bombe ! répondit l'un des hommes couchés sur le brancard. Nous ne savons pas depuis combien de temps elle se trouvait là. On a pourtant tout vérifié hier. Il n'y avait rien capitaine ! Je vous assure qu'il n'y avait rien !

— On trouvera qui a fait ça, répondit Tony en tentant de le rassurer. Je sais que vous n'y êtes pour rien.

Des hommes emportèrent le blessé. Tony tourna la tête vers Jordy.

— Je n'y suis absolument pour rien, affirma celui-ci.

— Il était avec moi, confirma Jeek.

Tony ne répondit pas. Si Jordy n'était pas responsable, alors il y avait forcément quelqu'un à bord qui devait l'être.

— Nous avons un mort et quatre blessés dont un assez grave informa Jeek. Le bilan aurait été beaucoup plus lourd s'il n'y avait pas eu cette tempête. Les autres étaient en train de vérifier l'ampleur des dégâts et de réparer. C'est ce qui les a sauvés.

— Très bien, faites ce que vous pouvez docteur.

Jeek acquiesça de la tête et partit avec le dernier blessé accompagné de Jordy. Il se tourna vers l'ingénieur en chef du navire.

— Combien de temps avant réparation ? demanda Tony.

— Je crains que nous soyons bloqués pour plusieurs heures, voire plusieurs jours. Le moteur a été en partie touché. C'est visiblement ce que désirait celui qui a posé la bombe.

— Faites au plus vite, ordonna Tony. Je crains que nous ayons de la visite prochainement.

— Oui capitaine.

Tony s'apprêtait à demander autre chose lorsque l'alerte retentit aussitôt.

— Donnez des armes à tout le monde ! cria Tony avant de repartir.

Il se dirigea aussitôt à l'armurerie et prit plusieurs armes. Des hommes couraient dans les couloirs armés eux aussi.

— Ils arrivent ! cria l'un d'eux.

Tony n'avait pas besoin de demander de qui ils parlaient. Il se dirigea automatiquement sur le pont ou des échanges de coups de feu avaient déjà lieu. Il repéra plusieurs embarcations qui tournaient autour du navire. Des hommes armés leur tiraient dessus. Tony se jeta à plat ventre et tira lui aussi quelques balles. Il réussit à toucher deux hommes qui tombèrent à la mer. Il rampa jusqu'aux chaloupes et se cacha derrière l'une d'elles. Des nouveaux coups de feu furent échangés.

— Ils vont débarquer ! cria un de ses hommes.

— Contrez-les ! répliqua aussitôt la voix de Gaverik. Il ne faut pas qu'ils montent à bord !

Tony se dirigea vers l'avant du pont. Il tira sur une autre embarcation et toucha encore deux hommes.

— Ils sont à bord ! entendit-il. Ils sont à bord !

Tony se retourna et aperçut plusieurs hommes qui couraient sur le pont en tirant sur tout ce qui bougeait. Tony se faufila sur le côté et eut juste le temps d'apercevoir la silhouette d'un des pirates. Celui-ci n'eut pas le temps de réagir. Tony l'avait mis à terre. Il poursuivit son œuvre juste au moment où il aperçut un attroupement au milieu du pont des convives. Un homme qui semblait être le chef tenait en joue Sanders et regardait autour de lui.

— Je voudrais que le capitaine de ce navire se montre ! Autrement je descends les passagers un par un en commençant par celui-ci !

L'homme commença à charger son arme.

Tony soupira.

— Encore ce vaurien, dit-il. Il me porte vraiment la poisse ce type !

Tony se montra en levant les mains en l'air. Il avait déposé son arme dans un coin.

— Vous êtes ? demanda aussitôt l'homme.

— Tony Santini. Je suis le Capitaine de ce bateau. Veuillez laisser les passagers. Ils n'ont rien à voir là-dedans.

— Un Capitaine qui joue au héros ? fit celui-ci en riant.

Des hommes vinrent l'immobiliser et le poussèrent devant le chef des pirates.

— L'ennui voyez-vous c'est que ce sont vos passagers fortunés qui m'intéressent le plus. Ce sont eux qui possèdent le plus d'argent. Rien qu'une rançon pour chacun d'eux peut me rapporter beaucoup d'argent. Et puis ce que pourrait contenir votre navire.

— Je n'ai aucun objet de valeur à par mes livres, répondit celui-ci.

— Vraiment ?

Tony aperçut que les pirates avaient rassemblé tout le monde sur le pont. Il y avait deux groupes. L'équipage d'un côté et les convives de l'autre. Certaines femmes pleuraient en silence. Ils étaient tous à genoux les mains derrière la tête. Ils étaient gardés par les pirates armés. Il remarqua également qu'il manquait Gaverik. Jeek et Jordy se trouvaient sur le côté légèrement à part. Il se rappelait toutefois que les pirates ne tuaient pas les convives, ceux-ci leur rapportaient beaucoup trop d'argent en rançonnant leurs familles. Mais ce n'était pas toujours le cas avec le personnel des navires qui se montrait trop rebelle.

Tous les convives furent raccompagnés un par un dans leurs quartiers respectifs et avaient reçu l'ordre de ne pas y sortir sous peine d'être abattu sur place. En règle générale peu s'y risquait. Tony ne s'inquiétait pas trop pour eux. En revanche, il en était totalement différent en ce qui concernait son équipage. Lorsque tous les convives furent reconduits dans leur quartier. On l'emmena dans l'une des cellules ou il retrouva Jordy dans celle d'à côté.

Tony ne comprenait pas ce qu'il pouvait bien faire là. D'habitude, ils n'enfermaient que le Capitaine et son second. Ils les déposaient ensuite sur une île déserte et repartaient pour négocier la libération des otages. Cela pouvait durer des mois.

— Je suis sincèrement désolé Capitaine, fit celui-ci.

— Pas autant que moi, répondit Tony en s'allongeant sur la couchette se trouvant sur le côté du mur.

— Je ne suis pas responsable de l'explosion ni de la présence des pirates. Et si je faisais partie de leur équipage, ils m'auraient sans aucun doute reconnu, ce qui ne semble pas le cas.

— Si vous le dites.

— Auriez-vous un problème avec moi ?

— J'aimerais que vous fermiez votre bouche pour être poli, répondit aussitôt Tony sur un ton qui ne tolérait aucune contestation.

Jordy soupira et s'allongea sur sa couchette lui aussi. On leur apporta trois repas. Le chef des pirates vint les voir dans la soirée du lendemain.

— Je suis dans l'ensemble satisfait et surpris que votre équipage se montre aussi coopératif. Il est vrai que vous avoir sous la main facilite grandement les choses.

— Ça me fait une belle jambe, répondit Tony en ne bougeant pas d'un poil.

— Votre second ne semble pas bien bavard.

— Il n'a rien à vous dire.

Tony ne bougea pas non plus. Mais il comprit pourquoi maintenant Jordy avait été mis en cellule avec lui. Ne sachant pas où était Gaverik et si celui-ci n'avait pas été capturé il n'allait pas leur dire.

— C'est son droit, continua Tony.

— Étant donné que votre navire semble dans l'incapacité de se déplacer pendant un bon moment, nous allons vous conduire à l'île la plus proche. Bien évidemment, ne sachant pas s'il y a des habitants indigènes ou autres, je ne peux garantir votre sécurité une fois là-bas.

— Ne vous inquiétez pas pour moi. Je suis un grand garçon depuis plus longtemps que vous.

L'homme se mit à rire.

— Vous avez un sacré humour Capitaine ! Bref, je suis venue vous dire que ce soir sera votre dernier repas sur ce navire.

— Merci de nous prévenir.

— Je vous souhaite bon courage Capitaine, fit celui-ci avant de sortir.

— Bon courage à vous surtout, répondit Tony. Parce que quand je vous retrouverais, je vous ferais regretter de vous en être pris à mon navire.

Jordy tourna la tête vers Tony se demandant bien ce qu'il voulait dire par là.

On leur apporta leur dernier repas peu après. Ils mangèrent tranquillement en silence. Le garde vint quelques minutes plus tard reprendre les plateaux vides.

— J'espère que vous savez vous débrouiller en pleine nature, dit soudain Tony.

— Je n'en sais strictement rien, répondit Jordy.

Lorsque le garde revint dix minutes plus tard, les deux hommes dormaient à poings fermés.

— C'est bon ! cria celui-ci.

Deux hommes arrivèrent avec des brancards et déposèrent Tony et Jordy dessus et les emportèrent.

Ce fut le froid qu'il ressentait aux jambes qui réveilla Tony. Il ouvrit les yeux sous un soleil de plomb. Il était à moitié trempé par l'eau de la mer qui commençait visiblement à remonter jusqu'à sa taille. Il se mit en position assise lentement ayant bon nombre de vertiges. Il aperçut Jordy qui commençait lui aussi à se réveiller. Ils se regardèrent un moment avant de pouvoir se mettre debout. Tony se dirigea aussitôt vers les arbres.

— Qu'est-ce qu'ils nous ont faits ? demanda Jordy en se tenant la tête lui aussi.

— Ils nous ont drogués pour pouvoir nous larguer ici en toute tranquillité, répondit Tony.

— On fait quoi maintenant ? demanda Jordy en le suivant.

— Vous faites ce que vous voulez, moi je dois prévoir la suite.

— La suite ? Quelle suite ? Je ne comprends pas ! Gaverik et venu me rejoindre pendant l'attaque et m'a demandé de prendre sa place en tant que second et il a disparu depuis. Si je me souviens bien il n'a pas été capturé !

— Justement ! s'écria Tony en se retournant et en le regardant dans les yeux. S'il vous a demandé ça, c'est parce qu'il y a un plan qui avait été défini dans un cas comme celui-là.

— Un plan ?

— Pour l'instant, nous devons survivre sur cette île quelque temps. Il faudra un bon moment aux pirates pour réparer les moteurs. Il leur faudra encore plus de temps pour commencer à réclamer les rançons. Donc nous n'allons pas rester les bras croisés en attendant.

— Pourquoi j'ai cette impression que vous me détestez ?

— Parce que vous m'énervez ! Votre simple présence m'énerve au plus haut point !

— Merci ça fait vraiment plaisir !

— Vous m'avez posé une question, je vous ai répondu.

Tony grimpa au sommet de l'île. Jordy le suivit sans vraiment savoir pourquoi. Ils arrivèrent au sommet quelques minutes plus tard.

— C'est une petite île, constata Tony en tournant sur lui-même.

Autour d'eux s'étendait la mer à perte de vue.

— Là, on est mal, fit Jordy en faisant de même.

— Priorité numéro un, trouver de l'eau potable ! dit Tony.

— Et on trouve ça comment ?

— Cherchez un cours d'eau. On redescend. Je vais à droite, vous allez à gauche. On se rejoint de l'autre côté.

Tony marcha à travers les arbres et scruta les environs. Il trouva fort heureusement plusieurs cours d'eau potable. Jordy le rejoignit et avait lui aussi repérer plusieurs cours d'eau.

— Bien, c'est une bonne chose. Maintenant il va falloir qu'on trouve de quoi manger.

— Je ne pense pas vous être d'une très grande aide, informa Jordy.

— Ça, je l'avais bien remarqué, répondit Tony d'un ton sec.

Jordy se demanda ce qu'il avait encore fait. Plus le temps passait et plus il avait l'impression que cet homme le détestait chaque jour. Il le suivit néanmoins dans sa recherche. Tony trouva quelques fruits sur des arbres, dans des buissons. Il trouva également des légumes qu'ils pourraient comparer à des patates. Sur la plage, comme il s'y attendait, divers mollusques et bien évidemment restaient le poisson qu'ils pourraient pêcher en mer.

Tony s'attela ensuite à construire un abri de fortune. Jordy l'aidait du mieux qu'il pût. Lorsque le soir arriva, ils avaient non seulement un abri, mais également de quoi manger. Il avait réussi à faire du feu avec les moyens du bord comme le faisaient les hommes en frottant du bois l'un contre l'autre. Tony avait rassemblé la nourriture et avait fait la distribution.

— Une chose est sûre, vous ne devez pas être un marin, affirma Tony en regardant Jordy manger.

— Désolé de vous décevoir, répondit celui-ci.

— Je me demande bien ce que vous faisiez en mer, fit Tony en se couchant sur la paillasse qu'il s'était concoctée.

— Il n'y a pas un seul jour où je ne me pose pas la question, répondit Jordy étonné que Tony lui fasse la conversation. Les seules images dont je me souvienne ce sont des explosions et le fait que je devais prévenir quelqu'un de je ne sais quoi.

— C'est sûr que cela ne vous avance pas des masses.

— À qui le dites-vous ?

Tony se leva au milieu de la nuit pour scruter les environs. Jordy dormait profondément. Il décida de remonter au sommet pour scruter les environs profitants de la clarté de la lune. Comme il s'y attendait, il aperçut une faible lueur au milieu de la mer.

— Vous n'êtes pas si loin que ça finalement dit-il en redescendant. Il n'y a plus qu'à attendre.

Il se passa deux ou trois jours où Tony s'évertuait à rassembler plusieurs éléments pensant sans doute construire une sorte de radeau. Il parlait très peu à Jordy à part quelques phrases le soir. Ce qui désespérait celui-ci la plupart du temps. Mais il n'osa trop rien dire de peur de s'attirer les foudres de celui-ci. Il se contentait de l'aider à rassembler ce qu'il lui demandait de trouver. Jordy se demandait ce qu'il attendait pour commencer à le construire.

Le soir suivant pourtant, Jordy fut étonné de constater que Tony ne se coucha pas cette fois. Il semblait attendre quelque chose. Au bout d'un moment il se leva.

— Il arrive, dit-il finalement en se dirigeant vers la plage. Jordy le suivit et fut étonné d'apercevoir une silhouette qui sortait de la mer.

— On est peut-être en été, mais l'eau est glaciale la nuit ! s'écria Gaverik en se dirigeant vers eux.

— Gaverik ? dit Jordy.

— Bon, sur le navire ça va à peu près. Les hommes suivent vos ordres à la lettre et ne tentent pas de provoquer les pirates. Leur chef s'appelle Anton. Il a commencé à contacter les diverses familles pour les demandes de rançon. Sans compter ce qu'il a commencé à rassembler pour y emporter. Leur bateau doit mouiller un peu plus loin, car on ne l'aperçoit toujours pas. Par contre ils fouillent le navire de fond en comble et semblent chercher quelque chose.

— Leur bateau viendra lorsque tout ce qu'ils avaient prévu sera effectué. Concernant les réparations des moteurs ?

— Les gars ralentissent le processus au maximum comme convenu.

Jordy les observait un à un totalement subjugué. Non seulement les deux hommes ne semblaient pas dépassés par les événements récents, mais en plus ils donnaient l'impression d'avoir les choses bien en main. Le nom que Gaverik avait prononcé l'interpella. Il ne lui semblait pas être totalement inconnu. Pourtant il ne se souvenait pas.

— J'espère que vous avez allumé un feu parce franchement je me caille là !

Tony le conduisit à leur abri. Jordy se contenta de les suivre en silence. Gaverik se positionna devant le feu et commença à enlever ses vêtements sans se soucier de Jordy. Il les fit sécher sur des pics en bois que Tony lui tendit.

— Je vous ai ramené quelques outils, annonça Gaverik en donna une sacoche à Tony.

Celui-ci fouilla à l'intérieur et se mit à sourire.

— C'est tout ce qui me manquait je vais pouvoir commencer dès demain. Nous avons déjà rassemblé la matière première.

Gaverik resta devant le feu et regarda soudain Jordy.

— Merci d'avoir accepté de prendre ma place.

Gaverik était en train de préparer le déjeuner.

– De rien, répondit celui-ci en s'asseyant. Si j'ai pu servir à quelque chose dans cette histoire.

— Bien, fit Tony. Il vaut mieux que l'on dorme cette nuit. Une longue journée de travail nous attend demain. Maintenant le temps nous est compté.

Chacun s'allongea auprès du feu. Tony partagea la paillasse de Tony. Ce qui chagrina Jordy sans qu'il ne comprenne pourquoi. Finalement tous ne tardèrent pas à s'endormir rapidement.

Lorsque Jordy se réveilla aux premières lueurs de l'aube. Il avait fait un drôle de rêve cette nuit-là. Il avait vu un homme. Un homme qui semblait bien le connaître. Cet homme lui avait même dit son nom. Il avait même dit le nom de Tony Santini. Et il semblait bien le connaître également.

Tony était en train de manger et leva les yeux vers lui le regard neutre. Jordy se leva et se mit près du feu en se chauffant les mains l'air pensif.

— Qui est Yvan Curtis ? demanda soudain celui-ci.

Le visage de Tony changea subitement d'expression. Il lâcha ce qu'il était en train de faire et se dirigea rapidement sur lui. Il lui décolla une droite. Jordy se retrouva brutalement au sol.

— Ne redites jamais plus ce nom où je vous tue ! lui cria celui-ci avant de s'éloigner et de disparaître dans les bois.

— Ai-je dit une bêtise ? demanda Jordy à Gaverik qui avait suivi toute la scène.

Jordy se massa la joue et se releva lentement.

— Comment connaissez-vous ce nom ? demanda Gaverik en lui tendant un tissu qu'il avait au préalable trempé dans l'eau froide.

— C'est cette nuit, répondit Jordy. Cette nuit j'ai vu un homme dans mon rêve. Il avait le même nom et semblait bien me connaître. Il semblait connaître votre Capitaine également. Je ne me rappelle pas de qui il s'agit.

— Cet homme était le meilleur ami de Tony. Il est mort au cours d'une tempête parce qu'un de nos clients a eu la superbe idée de sortir sur le pont à ce moment-là malgré les consignes qui leur avaient été données. Yvan est mort en lui sauvant la vie.

— Comment se fait-il que je connaisse son nom ?

— Je ne sais pas. Peut-être que vous l'avez rencontré un moment donné. C'est fort possible. Mais évitez de prononcer ce nom à l'avenir. Où je ne donnerais pas chère de votre peau.

— Je m'en souviendrais, dit Jordy en soupirant.

Jordy était furax contre lui-même. À chaque fois, qu'il pensait que les relations entre lui et Tony s'amélioraient, il faisait ou disait une chose qui empirait la situation. Cette fois il se demandait bien si celui-ci allait lui adresser la parole de nouveau. Il se demandait bien s'il n'allait pas le larguer au prochain port une fois cette histoire finie.

— Il reviendra, affirma Gaverik qui commença à trier ce qu'ils avaient rassemblé. Il faut juste lui laisser un peu de temps.

— Je ne comprends pas pourquoi il me traite ainsi. J'ai l'impression qu'il est constamment en colère après moi quoi que je fasse ou quoi que je dise.

— Pourquoi souhaitez-vous qu'il vous apprécie ?

— Je ne sais pas. C'est important pour moi. C'est ce que je ressens. C'est une personne que j'apprécie beaucoup et je ne comprends pas pourquoi, lui me déteste.

— C'est une sorte d'auto-défense.

— Une auto-défense ? J'avoue ne pas comprendre.

— Au fond de lui, il sent très bien que vous avez un faible pour lui. Il réagit de la sorte pour vous repousser autant qu'il peut même si lui aussi il ressent la même chose pour vous. Il ne l'accepte pas. Pas encore du moins.

Jordy se mit à rougir.

— Vous savez pourquoi Tony vit constamment en mer ? demanda Gaverik.

— Non.

— Il est né en mer. Un jour de tempête. Il ne se sent bien que sur l'eau. Il ne reste jamais très longtemps sur terre. Son cœur est comme la mer. Un jour il peut être calme, un autre jour c'est comme lors d'une tempête. C'est pour cette raison que son meilleur ami le surnommait cœur de tempête.

Jordy se mit à observer les flammes du feu.

— Cœur de tempête, se dit-il. Pourquoi ce nom ne lui était pas totalement inconnu non plus ? Non seulement il ne lui semblait pas inconnu, mais le fait de le dire lui procurait une sensation étrange.

Tony revint effectivement en début d'après-midi. Il avait trouvé d'autres fruits et péché quelques poissons en bord de mer. Ils préparèrent rapidement le repas. Ils mangèrent tranquillement et se remirent à la tâche. Les outils que Gaverik avait apportés facilitèrent grandement le travail. Jordy comprit qu'ils étaient non pas en train de faire un radeau, mais une sorte de débris flottant.

— Profitez de l'après-midi pour vous reposer, lança Tony. On partira dès cette nuit.

En début de soirée Tony repartit au sommet de l'île. Jordy l'aperçut en train de scruter longuement l'horizon avec ce qu'il pensait être une de longue vue.

— Il repère le navire pour ce soir, l'informa Gaverik. Ce serait bête que nous le recherchions et atterrissions à côté sans les voir.

— Retourner au navire ?

— Oui, maintenant que cet Anton se croit hors de danger, nous allons pouvoir opérer en toute discrétion.

— Vous allez les attaquer ?

— On va reprendre le navire.

— Mais ils sont armées et nous…

— Ne vous en faites pas pour ça ! répondit Tony qui venait juste de revenir. Nous avons une cache sur le navire avec tout ce qu'il nous faut. Nous aussi nous serons armés.

— Apparemment, Ils obligent le chef mécanicien à travailler seul pour les réparations, informa Gaverik. Il sera près de la cache lorsque nous arrivons.

— Excellent ! s'écria Tony. Pendant que nous nous occuperons de ces vauriens, il pourra remettre les machines en route plus rapidement.

— Et moi je ferais quoi ? demanda Jordy.

— Vous resterez avec lui ! répondit Tony. Je doute que vous sachiez tenir une arme !

Jordy baissa la tête. Il venait une nouvelle fois de s'attirer les foudres du Capitaine. Il ne comprenait pas pourquoi, mais cela lui faisait vraiment mal à chaque fois.

Ils mangèrent rapidement en début de soirée et mirent le radeau-débris à l'eau. La plus grande difficulté fut d'arriver à ce qu'ils se retrouvent en pleine mer. Ils y parvinrent totalement essoufflé. Jordy s'était donné à fond dans l'espoir que cela atténuerait les foudres de Tony.

— Vous n'êtes pas si rouillé que ça finalement, lui dit celui-ci en lui donnant une tape amicale sur l'épaule.

Jordy le regarda avec étonnement. Au fond de lui, il en était heureux même si cela pouvait paraître étrange. Gaverik avait sans doute raison. Il avait un faible pour ce type. Ce type qui semblait pourtant le détester.

Tony s'évertua à guider la trajectoire du radeau-débris tandis que Jordy et Gaverik s'attelaient à ramer. Ils devaient se déplacer dans une totale obscurité. Heureusement, la mer était relativement calme. Tony espérait toutefois qu'ils arriveraient dans le plus grand silence et que les pirates n'utiliseraient pas les lumières du navire. Ils devaient arriver en toute discrétion. Il ne semblait pas avoir de garde sur le pont. Sans doute qu'ils n'attendaient pas de visite avant longtemps.

Tony qui avait une grande expérience de la mer sentit la présence de son navire. Il guida le radeau vers l'avant de celui-ci.

— On doit trouver une corde, informa Gaverik à Jordy. Ils scrutèrent le devant du navire tout en devant éviter de se heurter à celui-ci.

— Là ! dit soudain Jordy.

Gaverik l'attrapa rapidement et monta en premier. Tony fit monter Jordy en deuxième et coupa les cordes du radeau-débris et grimpa à son tour.

Le radeau partit en plusieurs morceaux. Gaverik ouvrit une sorte de trappe et pénétra à l'intérieur suivi de Jordy et de Tony. Celui-ci referma la trappe doucement et se retourna vers Gaverik qui avait allumé une torche.

— Nous sommes à l'intérieur du navire, mieux vaut ne pas parler trop fort dans le cas où un des pirates feraient leur ronde sur le pont.

Jordy acquiesça de la tête. Ils marchèrent dans ce couloir étroit pendant un bon moment. Jordy entendait les bruits que l'eau faisait sur la coque. Parfois les vagues tapaient si fort que cela le faisait le sursauter faisant sourire du même coup Tony qui le suivait de près.

Ils se dirigèrent aussitôt vers la salle des machines. Ils durent sortir dans un couloir du navire en vérifiant qu'il n'y ait personne, et repartir de l'autre côté dans un autre caché en face.

— C'est pratique comme planque, fit Jordy.

— Ça permet certaines fois de surveiller certains passagers, répondit Gaverik.

— Et aussi de se planquer en cas d'attaque, ajouta Tony.

Ils marchèrent de nouveau dans cet étrange couloir relativement étroit, éclairé par la lampe torche de Gaverik. Au bout d'un moment Jordy entendit un léger ronronnement régulier.

— Ce sont les moteurs, informa Gaverik. Du moins ceux qui sont encore en fonctionnement. Nous approchons.

Le bruit se rapprocha de plus en plus. Gaverik s'arrêta subitement sans prévenir. Jordy faillit presque lui rentrer dedans.

— On y est, informa Gaverik.

Il caressa la paroi à la recherche du petit trou qui lui permettrait de voir la salle des machines. Il trouva l'oreillette et la tourna lentement. Il posa un œil dessus. La salle des machines semblait calme. Il aperçut le chef mécanicien Greg en train de réparer l'une d'elles. Un des pirates l'observait avec attention.

— Quand est-ce que vous allez réparer cette fichue machine ? cria celui-ci. Normalement ça n'aurait pas dû faire autant de dégâts !

— Si vous me dérangez tous les cinq minutes, ce n'est pas près d'avancer ! répondit aussitôt celui-ci. Je dois tout vérifier ! Vous avez fait de sacrés dégâts avec cette bombe. Tout n'est pas mécanique sur notre navire. On l'avait modernisé avec de l'électronique. Si j'oublie une seule chose, cela ne fonctionnera pas et je serais obligé de tout revérifier ce qui prendra encore plus de temps !

Ils entendirent le pirate souffler et sortir dans le couloir. Greg en profita pour refermer la porte.

— La voie est libre capitaine ! dit-il.

Gaverik ouvrit la porte de la cache et pénétra dans la salle des machines suivie par Jordy et Tony.

— Capitaine ! Je suis content de vous revoir !

— Moi aussi Greg, répondit celui-ci. Alors comment cela se passe ici ?

— Eh bien, les pirates sont assez durs, mais pour l'instant ils me foutent un peu la paix. Ils sont impatients de repartir. Ils n'ont pas touché à l'équipage pour l'instant et surveillent plutôt les convives de près.

— Il faut dire aussi que beaucoup sont fortunées, répondit Gaverik. Ils auraient tout à perdre en faisant n'importe quoi.

— On n'a dénombré qu'une trentaine d'hommes en tout en plus de leur capitaine, informa Greg. Évidemment, il a squatté vos quartiers confisqués tous les téléphones et les ordinateurs.

— Le contraire m'aurait étonné. Ils nous restent combien de temps avant le lever du jour ?

— Environ cinq heures capitaine, répondit Gaverik.

— C'est largement suffisant. Jordy, vous restez ici quoi qu'il arrive. En cas de problème vous vous planquez dans la cache avec Greg.

— Entendu, répondit Jordy.

— Gaverik, on y va !

Gaverik suivit Tony dans le couloir.

Greg retourna à ses réparations. À un moment donné, il chercha un outil. Jordy lui tendit automatiquement l'outil qu'il recherchait. Celui-ci le regarda visiblement étonner.

— Vous pouvez me serrer cet écrou là-bas ? demanda Greg souhaitant tester Jordy.

Jordy prit l'outil qu'il fallait et serra celui-ci parfaitement comme s'il avait effectué cette tâche toute sa vie.

— Avez-vous déjà travaillé sur un bateau ou dans la mécanique ?

— Je n'en sais rien à vrai dire, répondit Jordy. J'ai fait ça instinctivement. Je ne me suis pas posé de questions.

— Vous êtes le type qu'on a repêché ? Celui qui a perdu la mémoire, comprit Greg.

— Oui répondit Jordy.

— Je comprends pourquoi le Capitaine vous a gardé à bord maintenant.

— Pourquoi ?

— Parce que vous avez dû lui taper dans l'œil pardi ! fit celui-ci comme si c'était évident. Et vous ne semblez pas insensible non plus. Ça se voit, rien qu'à la façon dont vous le dévorez des yeux.

— Ce n'est pas l'impression qu'il me donne pourtant, répondit Jordy en prenant quelque outil et en prêtant main-forte au mécanicien.

— C'est normal, il n'est pas encore prêt. Pour l'instant, il doit vous en faire voir de toutes les couleurs.

— Vous semblez bien le connaître.

— Cela fait des années que l'on navigue ensemble. Lorsqu'il a hérité de ce rafiot, il a eu l'idée de le convertir en navire de croisière pour passager fortuné. Cela lui permet de vivre sur l'eau à longueur d'année. Il ne se pose pas plus de deux jours sur terre.

— Et vous, la terre ferme ne vous manque pas ? demanda Jordy en serrant un autre écrou et vérifiant les branchements d'une plaque.

Greg fronça les sourcils en l'observant attentivement et continua :

— Tony m'a en quelque sorte donné une deuxième chance. J'étais un voyou sur terre, j'aurais dû finir en prison. Mais étant donné que j'étais doué en mécanique et maintenant en électronique, il m'a embauché sans hésiter malgré mon passé. Depuis je suis resté sur ce navire. Et je ne suis pas le seul sur ce rafiot avec ce genre de passé.

— On n'aurait pas dit.

— Eh oui, les apparences sont parfois trompeuses. Ceci dit si certains des convives étaient au courant ils ne seraient sans doute pas montés sur ce navire.

— Cela ne semble pas vous faire peur que des pirates soient à bord.

— Vous cela ne semble pas non plus vous faire peur de tomber amoureux d'un homme.

Jordy arrêta de bricoler quelques instants pour regarder le mécanicien.

— Je ne me suis pas posé la question. Étant donné que je ne me souviens de rien, j'agis par instinct la plupart du temps.

— Les pirates, reprit Greg. Ils ont intérêt à bien en profiter si je puis dire. Parce que, une fois que le Capitaine se sera occupé d'eux ils vont regretter amèrement de nous avoir abordés. Croyez-moi. Le Capitaine a l'air gentil comme ça, mais là, ils ont fait ce qu'il ne fallait pas. S'en prendre à son navire, pour sûr, il ne leur fera pas de cadeau. Ils vont morfler si je puis dire.

Jordy vérifia un autre tableau de bord sous les regards attentifs de Greg.

— C'est pas possible, se dit-il. Ce type est forcément déjà monté sur un navire. Il connaît parfaitement la mécanique d'un navire.

Jordy continua de bricoler sur la console cette fois. Il refit entièrement les fils et semblait savoir parfaitement ou les brancher et comment s'y prendre.

— On va être en avance si vous continuez comme ça, dit Greg en souriant.

— Pardonnez-moi, je ne sais pas pourquoi ni comment je sais effectuer toutes ses tâches, mais…

— Non, justement c'est parfait ! coupa Greg. Ce serait même encore mieux que tout soit réparé avant les premières lueurs de l'aube.

— Je peux vous aider. Du moins je crois…

— Alors, allons-y. Montrons aux pirates ce que nous avons dans le ventre !

Ils travaillèrent quelques minutes chacun de leur côté en silence. Greg jetait un œil sur Jordy de temps en temps.

— Que va-t-il se passer là-haut ? demanda soudain Jordy en continuant de bricoler sur la console.

— Je suppose que Tony et Gaverik sont parti à la chasse au pirate sur le pont. Ils vont les immobiliser un par un dans un silence des plus totales. Si on avait été plusieurs, j'aurais pu finir bien avant. Mais les pirates avaient peur que nous nous rebellions. Tout l'équipage a été séparé et on a été totalement isolé des uns des autres.

— Ils ont pris un risque en faisant sauter une partie des moteurs. Si un autre bateau se pointe, ils feraient quoi ?

— Ils prendraient certainement la place du Capitaine. Prendrait un otage et le menacerait devant les autres pour les faire taire.

— Ils ont tout prévu, soupira Jordy.

— Cet endroit est plutôt isolé, je ne pense pas que nous rencontrions un autre navire ou quoi que ce soit d'autre avant longtemps. D'autant plus que nous avons changé de cap lorsqu'ils ont découvert qu'une personne transmettrait de signaux en plein milieu de la nuit.

— Mais ça veut dire alors qu'ils avaient des complices à bord ! s'écria soudain Jordy.

— Oui, répondit Greg.

— Ils doivent se trouver au sein des convives. Je ne vois pas comment il pourrait en être autrement !

— Le capitaine pensait que c'était vous. C'est pour cette raison qu'il vous a consigné dans vos quartiers.

— Je ne sais pas qui je suis, mais je sais parfaitement que ce n'est pas moi qui ai fait ses signaux. J'ai eu le malheur de sortir ce soir-là avec une lampe de poche. Je suis allé chercher quelques livres pour occuper mes soirées.

— En plein milieu de la nuit ? Avouez que cela peut porter à confusion.

— Je n'arrivais pas à dormir ce soir-là. Cela m'arrive souvent en réalité. Je fais des rêves que je ne comprends pas. Je vois des explosions, je vois un homme qui a priori serait le meilleur ami du capitaine. Je lui ai dit son nom en lui demandant s'il le connaissait.

— À mon avis le connaissant il vous a mis son poing dans la figure.

— Exactement. Et il m'a ordonné de ne plus jamais prononcer ce nom.

— Ils étaient comme des frères. Ils ont monté cette affaire ensemble. Le Capitaine ne se remettra jamais de la mort d'Yvan. D'autant plus Yvan est mort bêtement.

— En sauvant un des convives fortunés, poursuivit Jordy. Gaverik me l'a raconté. Je suppose que pour le Capitaine, c'était cher payé pour sauver ce genre de personne.

— Oui, mais Yvan lui ne pensait pas comme ça. Pour lui chaque vie était importante.

Ils restèrent quelques minutes sans dire un mot. Greg vérifia dans le couloir si personne ne venait.

— Est-ce que vous avez accès à un ordinateur ? demanda soudain Jordy qui venait d'avoir une idée.

— Oui, sur le côté. Celui-là est fixé à la console, ils n'ont pas pu le confisquer. Pourquoi ?

— Si l'on compare la liste des convives que vous avez et ceux qui ont déjà connu des attaques de pirates sur d'autres navires, il se pourrait que nous trouvions qui sont les complices concernés.

Greg lui montra où se trouvait l'ordinateur. Jordy se brancha immédiatement et pirata facilement les données du bord.

— Apparemment, ils préparent d'autres messages pour les demandes de rançons, informa Jordy en pianotant rapidement sur le clavier. Plusieurs fenêtres s'affichèrent rapidement à l'écran.

— Il n'y a pas que dans le domaine de la mécanique que vous semblez doué, fit Greg qui n'avait pas le temps de lire.

— Dans mes rêves, je me vois souvent en train d'utiliser un ordinateur. Mais je n'avais pas eu l'occasion de tester sur ce navire.

— Et que pouvez-vous voir d'autre ?

— Les échanges de communications entre les pirates. Apparemment chaque convive a été consigné dans leur quartier. Mais certains pirates se rendent souvent dans deux d'entre eux.

— Intéressant, dit Greg en se penchant une nouvelle fois sur l'écran lui aussi.

— Surtout que celui-là commença-t-il le montrant du doigt le quartier concerné. Le Capitaine rêve de lui faire la peau depuis longtemps.

— Un certain Monsieur Sanders ?

— Oui, c'est ce salopard qui était sur le pont le soir où Yvan a perdu la vie.

— Un soir de tempête ? Vous ne trouvez pas ça étrange que votre navire soit attaqué le lendemain d'une bonne tempête ?

— Vous pensez qu'ils avaient déjà prévu de nous attaquer cette fois-là ?

— Ce monsieur Sanders était présent lui aussi. Ainsi que cette madame Lan. Je vais voir ce que ça donne sur les autres navires qu'ils ont fréquentés ces dernières années.

— Comment vous pouvez voir ça ?

— C'est simple, ils ont utilisé leur carte bancaire pour tous leurs achats sur ce navire. Avec ça, je peux connaître quels autres navires ils ont fréquentés et comparer avec les différentes attaques recensées.

— Vous êtes un génie de l'informatique Jordy.

— Sans doute, répondit celui-ci en continuant de taper sur le clavier tout aussi rapidement.

Greg poursuivit les réparations le laissant travailler seul sur l'ordinateur.

— Je vais bientôt avoir fini.

— Bingo ! s'écria soudain Jordy. Ces deux-là vous cachent bien des choses ! Ils étaient visiblement présents à chaque attaque de pirates.

— Ils font plusieurs navires ?

— Ils doivent très certainement toucher une compensation pour leur travail.

— Dons ce sont de faux riches.

— Ils n'ont aucune famille en réalité, informa Jordy qui tomba soudain sur le visage du chef des pirates. Une vision apparut soudain dans son esprit. Cette fois il ressentit au fond de lui-même le danger. Cet homme voulait tuer Tony.

— Je vois. Ils risquent de poser problème au Capitaine si on ne le prévient pas à temps. Et je ne peux pas sortir d'ici. Ils s'en apercevraient au bout d'un moment et ils donneraient aussitôt l'alerte. Ce qui mettrait en péril le plan du Capitaine.

— Peut-on aller sur le pont des convives en passant par vos caches ?

— Oui, mais il faut connaître les lieux.

— Vous n'avez pas un plan ?

Greg se pencha sous l'une des consoles et défit un morceau du sol. Il en sortit un papier dépliable qu'il tendit à Jordy.

— Vous pensez pouvoir vous débrouiller avec ça ?

— Je m'en contenterais. Je n'ai pas d'autres choix que d'y aller moi-même. Je sens que votre capitaine va encore être en colère contre moi.

— Mais vous ne connaissez pas bien le navire.

— Je me débrouillerais avec votre plan.

— Quoi qu'il arrive, il ne doit surtout pas tomber aux mains de l'ennemi.

— J'ai compris.

— Vous trouverez les caches d'armes sur le plan également. Ça peut toujours servir.

— Merci, répondit Jordy en éteignant l'ordinateur.

Il se dirigea vers la cache d'où il était venu avec Tony et Gaverik. Greg l'ouvrit et le fit entrer à l'intérieur. Il eut juste le temps de fermer la porte et de s'appuyer dessus qu'un des pirates entra dans la salle des machines. Greg se jeta aussitôt sur la console qu'il faisait semblant de réparer.

— Alors demanda une nouvelle fois celui-ci.

— Je dirais qu'avec un peu de chance ce sera fini ce matin à la première heure, répondit Greg.

— Parfait, je vais prévenir le chef.

Le pirate ressortit aussitôt. Greg soupira de soulagement.

Jordy alluma la lampe de poche qui se trouvait près de la porte. Il avança lentement dans ce couloir étroit. De temps en temps il jetait un œil sur le plan. Il aperçut soudain une masse au milieu du couloir. Il accéléra le pas et découvrit le corps d'un des pirates inconscient, pieds et mains liés. Il sourit en lui-même.

— Ils ont commencé leur chasse, se dit-il.

Jordy trouva plusieurs hommes ainsi en cours de route. Il devait à chaque fois les enjamber. Il continua de se déplacer en silence en suivant le plan. Il se dirigea vers la passerelle. C'était certainement là qu'allait se diriger Tony pour reprendre le contrôle du navire. Il s'arrêta soudain entendant des voix de l'autre côté du mur.

— Je ne comprends pas, Jared ne donne plus signe de vie, entendit-il. Il ne répond pas à la radio non plus.

— Je vais aller voir ce qui se passe.

Jordy suivit la personne au son. Lorsqu'il fut certain que celle-ci fut seule, il l'attendit à un embranchement. Elle passa devant la porte de la cache. Jordy ouvrit lentement celle-ci et se précipita sur l'homme. Il l'assomma rapidement s'en étonnant lui-même et l'emmena avec lui à l'intérieur de la cache. Il lui attacha pied et mains et le bâillonna également de façon à ce qu'il ne puisse pas donner l'alerte. Il reprit la route en direction de la passerelle. Au fond de lui, il devait arrêter cet homme, ce chef pirate. Il ne savait pas pourquoi, mais il devait le faire. Il trouva la cache d'arme. Il s'en choisit deux et continua sa route. Il dut changer deux fois de caches et traverser les couloirs visibles du navire en faisant bien attention qu'il n'y ait pas de garde au passage. Il arriva bientôt du côté de la passerelle. Jordy laissa le plan dans la cache et scruta la passerelle par le petit trou prévu à cet effet.

Anton, le chef pirate se trouvait au milieu de la salle et scrutait visiblement la mer.

Jordy devait vérifier avant tout de chose qu'il se trouvait bien seul sur la passerelle. Tony et Gaverik s'occupant de ses hommes, lui pouvait s'occuper personnellement de leur chef. Il se demandait bien pourquoi il s'était donné cet objectif.

Jordy attendit patiemment, mais celui-ci semblait finalement être bien seul. Jordy ouvrit lentement la cache et se faufila à l'intérieur de la passerelle. Il la referma tout aussi lentement et se dirigea vers cet homme arme à la main. Anton se figea subitement.

— Pourquoi ne tirez-vous pas ? demanda-t-il soudain.

— Je ne tire pas dans le dos des gens, répondit Jordy.

Anton se retourna avec une arme à la main lui aussi.

— Maintenant que fait-on ? demanda-t-il en ne le quittant pas des yeux. Comment se fait-il que vous soyez revenu ?

— Vous allez relâcher ce navire, dit lentement Jordy.

— Et ? Vous ne croyez tout de même pas que je vais accéder à votre requête ? Je sais très bien qui vous êtes et vous ne me tuerez pas. Vous n'étiez pas le second de ce navire. J'ai pu regarder à loisir les dossiers de l'équipage.

— En êtes-vous certains ? demanda Jordy.

— N'êtes-vous pas celui que ce pauvre Capitaine a récupéré récemment en pleine mer ? Celui qui aurait perdu la mémoire. Saviez-vous que vous travaillez pour nous ?

— Non, je ne crois pas un instant ce que vous dites ! Vous m'auriez reconnu autrement. Ce qui visiblement n'était pas le cas.

— Vraiment ? Alors comment expliquez-vous le fait que vous vous soyez retrouvé seul en pleine mer non loin de ce navire, croyez-vous que cela soit une simple coïncidence ? Vous deviez tuer ce Capitaine. Je ne savais pas que vous aviez perdu la mémoire lors de cette fausse explosion de ce navire.

— Vous mentez !

— Vous faites partis de notre équipage Justin, alors arrêtez vos conneries et rejoignez-moi.

Anton baissa son arme pour appuyer ses dires.

— Non ! cria Jordy. Je ne vous crois pas !

— Et pourtant c'est la vérité. Vous vous appelez Justin et vous étiez mon second.

— Je le savais ! cria Tony qui venait d'arriver ! Jamais je n'aurais dû vous faire confiance !

Jordy regarda désespérément Tony.

— Je ne suis pas comme lui !

— Hein ? fit Anton. Tu ne disais pas ça l'autre fois pourtant !

— Capitaine ! Je vous promets que ce n'est pas moi !

— Tu es un menteur Justin ! répliqua Anton. On se connaît parfaitement bien et tu travailles même pour moi !

— Je ne vous crois pas ! Non !

— La ferme ! cria Tony. Je devrais vous tuer tous les deux !

Jordy baissa son arme.

— Allez-y dans ce cas si cela peut vous soulager.

Anton en profita pour relever son arme et tira rapidement sur Jordy qui s'écroula immédiatement. Tony tira aussitôt sur Anton qui s'écroula à son tour.

Gaverik arriva sur la passerelle au même moment et observa la scène avant de se diriger vers Jordy.

— La situation est sous contrôle, dit celui-ci. J'ai appelé les garde-côtes. Ils ne devraient pas tarder à arriver.

— Bien, je te laisse t'occuper de ça !

Tony sortit précipitamment de la passerelle. Gaverik s'agenouilla auprès de Jordy.

— Je ne suis pas comme eux, dit-il avec difficultés. Les deux personnes qui font partie de leur groupe… Sanders… et Lan…

Jordy ferma les yeux.

— Jordy ! Jordy ! cria Gaverik.

Les garde-côtes débarquèrent peu après et sécurisèrent les lieux. Tous les pirates conscients ou non furent emmener rapidement On transporta Jordy sur une civière sur le pont. Tony s'apprêtait à le rejoindre lorsqu'il aperçut une jeune femme se jeter sur lui.

— John ! John ! Mon Dieu, mais que t'est-il arrivé !

— On doit l'emmener d'urgence, madame, dit l'un des infirmiers.

La jeune femme les suivit.

Tony se retourna et s'apprêtait à rejoindre ses quartiers.

— Capitaine !

Tony se retourna et aperçut le responsable des garde-côtes.

— Nous devons vous interroger sur ce qui s'est passé ici, lui dit celui-ci.

— Allons dans mes quartiers, répondit Tony sachant pertinemment qu'il en aurait pour plusieurs heures au moins.

L'hélicoptère qui transportait Jordy à l'hôpital décolla aussitôt. Tony lui jeta un dernier regard et soupira.

Gaverik rejoignit également l'un des officiers qui l'attendaient afin d'être interrogés lui aussi.

L'interrogatoire dura des heures comme il s'y attendait. Les pirates avaient tous été arrêtés. Leur chef n'avait pas survécu à ses blessures. Certains convives avaient demandé à repartir. Tony avait finalement été relaxé considérant le fait qu'il était en légitime défense et que surtout il avait empêché un homme d'en tuer un autre. Greg lui avait raconté ce qui s'était passé dans la machinerie avec Jordy. Jordy avait été ramené sur terre pour être non seulement soigné, mais aussi interrogé.

Ils n'avaient aucune preuve dans un sens comme dans l'autre de la culpabilité de Jordy ou pas. Tony avait laissé faire les garde-côtes. Et pensait que c'était la toute dernière fois qu'il le voyait. Cette femme devait certainement être sa femme ou sa fiancée. Cette fois il n'avait plus aucune chance. Celui-ci était resté dans ses quartiers depuis ce jour. Le navire avait été autorisé à repartir. Aucune charge n'avait pu être retenue pour Sanders et Madame Lan, faute de preuves. Ils faisaient d'ailleurs partie des convives qui étaient repartis. Le navire poursuivait sa route comme si de rien n'était. Et pourtant Tony sentait soudain comme un grand vide. Le même vide qu'il avait ressenti à la mort d'Yvan. Il se sentait mal et se sentait de nouveau seul. Il n'avait plus envie de voir qui que ce soit. Il se faisait apporter ses repas dans ses quartiers. Il n'avait pas vu son second ni Jeek depuis environ deux jours. Pour l'instant on le laissait tranquille, mais nul ne doute qu'il recevrait de la visite prochainement.

Gaverik rejoignit Jeek au mess.

— Toujours pareil, dit-il en s'asseyant en face de celui-ci avant qu'il ne lui pose la question.

— Ça fait tout de même trois jours qu'il ne sort pas de ses quartiers. Ça devient inquiétant.

— Peut-être qu'il lui faut du temps. Plus de temps.

— Je ne sais plus quoi penser moi non plus, dit Jeek. Mais au fond de moi, je ne pense pas que Jordy soit un des leurs.

— Tony m'a dit qu'Anton l'avait appelé Justin et semblait bien le connaître.

— Oui, mais ça ne veut rien dire, il a quand même tiré sur Jordy. Si ça se trouve il a dit un nom au hasard pour brouiller les pistes.

— Le capitaine a été longuement interrogé, informa Gaverik.

— Toi aussi il me semble, dit Jeek en levant les yeux sur lui.

— Oui, c'était plutôt corsé. Mais c'est normal après ce qui s'est passé.

— Alors toi qui sembles être doué pour prédire la suite… Que va-t-il se passer maintenant. Nous sommes repartis, Jordy a été amené sur terre et sera très certainement interrogé lui aussi. Je ne pense pas qu'il revienne de sitôt.

— Il faut attendre, répondit Gaverik. Quelque chose me dit que cette histoire avec le Capitaine n'est pas encore finie. La preuve en est, qu'il reste enfermé dans sa cabine depuis trois jours.

— Ça peut durer encore longtemps à ce rythme-là.

— Je pense que maintenant, tout se déclenchera là-bas sur terre. Donc, oui ça risque de prendre un peu de temps.

— Combien de temps le Capitaine va tenir ? demanda Jeek. Là est toute la question. Apparemment, il ne mange pas beaucoup, il ne semble pas dormir non plus. Si je vais le voir, il va très certainement se bloquer ou m'envoyer balader.

— Je vais passer le voir tout à l'heure dans ce cas.

— Merci. Où en sont nos passagers ?

— Certains sont repartis avec les garde-côtes, d'autres ont tout de même souhaité rester et poursuivent leur croisière. Nous devons prendre d'autres personnes au prochain port dans quelques jours.

— Visiblement, cela ne décourage pas les nouveaux clients.

— Eh bien, vu que les pirates ont tous été arrêtés et que le chef a été tué par notre Capitaine, cela fait venir du monde. Nous sommes le seul navire qui a su les contrer. Finalement, cela nous a fait une sacrée publicité.

— Alors c'est bon pour nos affaires dans ce cas.

— Oui, si cela continue on va être complet pendant un bon moment. Il faudra même réserver.

Jeek se mit à rire.

— Je ne suis pas sûr que cela plaise au Capitaine finalement. Et ce Sanders et cette Madame Lan ?

— Ils avaient été embarqués, suite à la déposition de Greg. Mais finalement, aucune charge n'a été retenue contre eux faute de preuves. Ils sont repartis avec les autres. Je crois d'ailleurs qu'il vaudrait mieux que ce type ne se représente pas à bord. Autrement cette fois je ne pense pas pouvoir retenir notre Capitaine cette fois.

— Je veux bien te croire. Ceci dit à sa place j'aurais sans doute fait la même chose. Quand je pense qu'Yvan a donné sa vie pour un type pareil !

— Je crois même que la prochaine fois, c'est moi qui l'étriperais. Heureusement, on a réussi à dissimuler nos passages secrets sur ce navire. On ne sait jamais ce qui pourrait arriver dans les années à venir.

— Oui, cela pourrait donner des idées à d'autres cette histoire de piraterie. Surtout dans les mers isolées. Je me demande bien pourquoi ces pirates ont retourné le navire. Que pouvaient-ils bien chercher ?

— Je n'en ai aucune idée non plus. Bien, fit Gaverik en se levant. Je vais aller voir le Capitaine. J'espère qu'il ne va pas me descendre lui aussi. Ou me coller un œil au beurre noir.

— En cas de besoin, je serais à l'infirmerie.

Gaverik se leva et sortit du mess sous les regards de Jeek.

— Bon courage, dit celui-ci. Connaissant notre Capitaine ça ne va pas être facile.

Gaverik se rendit directement aux quartiers du Capitaine. Il toqua à la porte, mais n'attendit pas avant d'entrer. Il trouva celui-ci en train de lire tranquillement sur l'un de ses fauteuils. Étrangement, cette scène lui rappela Jordy.

— Je venais voir comment tu allais puisque tu ne sors plus de tes quartiers ces derniers temps, lui dit Gaverik en prenant place en face de Tony.

— Comme tu peux le voir, je suis encore en vie, répondit celui-ci en ne prenant même pas la peine de lever la tête.

— Il te manque ?

Tony leva la tête subitement et jeta un regard noir à Gaverik.

— Je crois que j'ai tapé dans le mille cette fois.

— Je ne vois vraiment pas de quoi tu veux parler, répondit Tony en reprenant sa lecture.

— Vraiment ? Tony, tu peux me mentir à moi, à Jeek et à d'autres, mais ne te mens pas toi-même.

— Qu'est-ce que ça peut vous faire de toute façon. Sa femme est venue le chercher !

— Sa femme ? demanda Gaverik visiblement surpris.

— Oui. Sa femme. Je l'ai vu descendre de l'hélicoptère. Elle s'est jetée sur lui. Alors maintenant arrête de me prendre la tête avec cette histoire et foutez-moi la paix ! J'ai le droit de prendre un peu de vacances. Même si je ne sors pas de ma cabine.

— Pas la peine de t'énerver Tony. Je vois bien que tu as mal.

— Vous ne pouvez rien faire pour moi. Ni toi ni Jeek. Il faut juste attendre que cela passe. C'est tout.

— Je vois. Mais en cas de besoin, n'hésite pas. Tu sais que tu peux compter sur nous.

Gaverik se leva et s'apprêtait à sortir.

— Merci, dit finalement Tony avant de retourner dans sa lecture.

Gaverik sortit et ferma lentement la porte. Il s'apprêtait à retourner dans ses quartiers lorsqu'il rencontra Jeek en chemin.

— Finalement, il ne t'a pas étripé, fit celui-ci.

— Non, mais il y a une chose qui m'intrigue dans cette histoire.

— Quoi ?

— Apparemment, Tony aurait vu une jeune femme reconnaître Jordy. Il a dit que c'était sa femme.

— Sa femme ? Je croyais qu'il était gay d'après toi.

— Je suis sûr qu'il l'est. Il n'y a pas de doute là-dessus.

— Mais alors cette femme…

— Je ne sais pas. Je pense que je vais appeler les garde-côtes pour tenter d'avoir de ses nouvelles. Je serais curieux de savoir ce qui lui est arrivé après.

— C'est étrange que le Capitaine ne l'ait pas demandé également.

— Si c'est effectivement sa femme ou sa fiancé, je comprends sa réaction.

— Tiens-moi au courant si jamais tu as des nouvelles ! fit Jeek en repartant en direction de l'infirmerie.

Gaverik monta sur la passerelle. Il prit la place du Capitaine et scruta l'horizon. Au bout d'un moment, il se leva et se mit devant la console de communication.

— Ici le poste des garde-côtes, je vous écoute !

— Ici le navire L'Oregon, je voudrais savoir s'il était possible d'avoir des nouvelles du jeune homme qui avait été blessé lors de l'attaque des pirates.

— Attendez, je vais voir une minute…

Le garde-côte revint quelques minutes plus tard.

— A priori, il s'en est sorti et serait retourné dans sa famille. Je n'en sais pas plus.

— Je vous remercie. Je suppose que vous n'avez pas son vrai nom ?

— Si vous ne le connaissez pas, je ne peux pas vous le fournir.

— Je comprends. Je vous remercie.

— De rien, fit le garde-côte avant de raccrocher.

Gaverik raccrocha lui aussi, mais en soupirant. Il se demandait bien comment il allait résoudre ce problème. Il ne voyait qu'une solution. Mais pour cela il fallait que le Capitaine sorte de ses quartiers et qu'il reprenne son poste de Capitaine. Pour cela, il allait devoir trouver une bonne raison. Et la raison, il la trouva en observant les hommes qui travaillaient sur la passerelle.

— La famille, se dit-il. La voilà la raison !

Gaverik se leva et sortit de la passerelle. Il rejoignit ses quartiers et se mit à réfléchir. S'il le faisait maintenant, le Capitaine trouverait certainement cela suspect.

— À moins que j'attende que nous soyons arrivés au port.

Ils devaient rester plusieurs jours cette fois, pour refaire le plein de nourriture, de carburant et effectuer le débarquement de certains passagers et l'embarquement des nouveaux.

— Dix jours, se dit-il. Je n'aurais droit qu'à dix jours.

Gaverik attendit patiemment l'arrivée du navire au port. Lorsque celui-ci fut enfin amarré, il se dirigea vers les quartiers du Capitaine.

— Un problème ? demanda celui-ci en l'apercevant visiblement perturbé.

— Capitaine, j'aimerais prendre dix jours de congé. J'ai un problème dans ma famille et...

— Vous pouvez y aller Gaverik. Je surveillerais le navire. La famille c'est important. Vous avez la chance d'en avoir une alors n'hésitez pas.

— Merci capitaine ! s'écria Gaverik visiblement rassuré.

Celui-ci ne tarda pas à sortir. Il soupira dans le couloir. Il avait réussi !

Gaverik se dirigea vers ses quartiers et prépara rapidement ses affaires. Il sortit du navire rapidement et se dirigea vers l'héliport. Il devait se rendre au port où Jordy avait été emmené le plus rapidement possible. Il se rappelait connaître un ami qui travaillait là-bas. Il lui devait justement un service...

Lorsqu'il sortit du poste de police ou travaillait son ami, Gaverik soupira de contentement cette fois. Il avait obtenu l'adresse ou avait été emmené Jordy. Il loua une voiture et se rendit sur place. Mais lorsqu'il se rendit à la fameuse résidence et qu'il se présenta pour obtenir des nouvelles de Jordy, non seulement on ne lui donna pas la permission de rentrer, mais également on lui interdit d'approcher ou de parler à Jordy. Il trouva cela suspect.

Il se gara un peu plus loin et fit le guet pendant plusieurs heures.

Il observa les vas et viens des voitures qui entraient et sortaient de la résidence. Il aperçut même la jeune femme dont avait parlé Tony.

— Sa femme ou sa fiancée ? se demanda-t-il. Ou aucun des deux…

Gaverik prit ses jumelles et observa la résidence longuement. Il aperçut soudain une autre voiture arriver.

— Encore ? Tu es quelqu'un de célèbre Jordy ou quoi ?

Gaverik ne put retenir un cri d'effroi lorsqu'il aperçut les deux personnages sortir de ladite voiture.

— Ce n'est pas vrai ! Mais que font-ils là ces deux-là ? s'écria-t-il en reconnaissant Sanders et Madame Lan.

Cette fois Gaverik se demandait s'il ne s'était tout bonnement pas trompé sur toute la ligne. Il posa les jumelles et démarra la voiture et commença à repartir totalement dépité. Il se remémora les fois où il avait pu parler à Jordy. Pour lui il n'avait pas le genre de ces types-là.

— Eh merde ! s'écria-t-il en tapant sur le volant.

Finalement, il fit demi-tour et se garda une nouvelle fois non loin de la résidence. Il devait en avoir le cœur net. Il attendit la nuit et sortit de la voiture. Il grimpa après le muret et sauta sur la pelouse à l'intérieur même de la résidence. Il courut rapidement vers la maison en se cachant et en écoutant chaque bruit par intermittence. Visiblement la plupart des voitures semblaient être reparties. Excepté celle qui avait déposé Sanders et Madame Lan. Il grimpa après un muret et atterrit sur l'un des balcons. Il se plaqua au mur entendant parler à haute voix.

— Je me demande quand il va trouver ce foutu mot de passe ! disait une voix de femme.

— L'essentiel, c'est qu'il ait cru à votre histoire de sœur, dit Sanders.

— Oui, mais combien de temps ce cinéma va-t-il durer encore ?

— Il nous faut ce putain de mot de passe ! cria Sanders. Sans lu,i nous ne sommes totalement vulnérables !

— Ça fait des jours qu'il est dessus apparemment, dit Madame Lan.

— Il a perdu la mémoire je vous le rappelle. Sans ça ce serait fini depuis bien longtemps et j'aurais eu la peau de ce capitaine Santini.

Gaverik n'y comprenait plus rien. Cette femme que Tony pensait être la femme de Jordy ne l'était pas. Et elle se faisait passer pour sa sœur ? Donc c'était une totale étrangère en réalité ! Jordy était finalement totalement innocent ?

— Il faut attendre que sa mémoire revienne. Nous n'avons pas le choix.

— Apparemment, il y a un type qui est passé cet après-midi pour demander des nouvelles de John.

— Savez-vous qui il était ?

— Ce n'était pas Santini, je pense que c'était le second de L'Oregon.

Un homme entra soudain dans la pièce.

— C'est John cria-t-il soudain ! Il s'est barré !

— Comment ça il s'est barré ? demanda Sanders. Il faut le retrouver ! Seul lui connaît la clé de ce fichier que son frère a constitué !

Gaverik repartit soudain. Il n'avait pas tout compris. Jordy avait un frère ? Qu'avait-il à voir avec cette histoire lui et son frère ? Mais il savait une chose, il fallait qu'il retrouve Jordy ou John comme ils l'avaient appelé. Et il fallait surtout qu'il le retrouve avant eux !

Jordy se réveilla dans un lit d'hôpital. Il regarda cette jeune femme qui semblait sommeiller à ses côtés.

— John ! s'écria-t-elle en sursautant. Tu es enfin réveillé !

— Je suis censé vous connaître ? demanda celui-ci.

— John ? Si c'est une blague, elle est de très mauvais goût !

Jordy ne se rappelait pas qui elle était. Il se demandait bien pourquoi d'ailleurs elle l'appelait John. Il pensa sur le coup que c'était peut-être sa fiancée… Mais il ne se souvenait aucunement de cette personne. Il soupira en pensant au Capitaine Santini.

— Je ne suis plus sur le navire du Capitaine Santini ?

— Non, tu es à l'hôpital. Au cas où tu ne l'aurais pas remarqué, tu t'es pris une balle ! Mais que faisais-tu là-bas ? On t'avait pourtant dit de ne pas y aller après ce qui s'est passé !

— Je ne sais pas. En fait, je ne sais plus. Je ne me souviens pas.

Le médecin entra dans la chambre.

— Vous voilà réveillé ! fit celui-ci. Alors comment vous sentez vous ?

— Je n'en sais rien, répondit Jordy. Je n'ai pas de douleurs. Mais il faut que je retourne sur ce navire.

— Pour l'instant vous n'irez nulle part. Vous avez été sérieusement blessé et il vous faut quelques jours de repos. De plus, des inspecteurs voudraient vous interroger sur ce qui s'est passé là-bas. Vous avez de la chance que votre sœur vous ait reconnue. Vous n'aviez plus aucun papier sur vous. Il ne nous était pas possible de vous identifier. On aurait pu vous prendre pour l'un des pirates.

— Ma sœur ?

— Oui votre sœur Anna. Vous êtes sûr que ça va ? demanda le médecin en lui inspectant les yeux.

Jordy en fut finalement rassuré. Si cette personne n'était ni sa femme ni sa fiancée…

— Il y a une chose que vous ignorez sur moi, informa Jordy. J'ai été retrouvé par le navire du Capitaine Santini en pleine mer au milieu de débris de bateau. Je ne me souviens plus de rien. Ni qui je suis, ni ce que je ne faisais en mer. Le Capitaine n'a pas souhaité me laisser dans un port inconnu. C'est pour ça que je suis resté sur ce navire. Et après nous nous sommes fait attaquer par ces pirates.

— John ! s'écria sa sœur en se jetant sur lui et en le serrant dans ses bras.

— Comment se fait-il que l'on ne m'ait pas donné cette information ! s'écria le médecin.

— Mais alors tu ne sais pas comment tu t'appelles, demanda soudain Anna.

— Non.

— Mais tu t'appelles John Curtis ! Moi c'est Annie Curtis.

— John Curtis ? s'écria John visiblement bouleversé.

Si cette information s'avérait être vraie, cela expliquerait ses nombreux rêves qu'il faisait sur cet inconnu.

— Mais qui est Yvan Curtis alors ?

L'expression d'Anna changea subitement. Elle regarda le médecin qui acquiesça de la tête.

— Yvan était notre frère, répondit finalement Anna en baissant les yeux.

— Notre frère, mais… Il travaillait sur le navire de Santini !

— Oui ! Et c'est bien pour ça que je ne veux pas que tu y retournes ! Il a été tué là-bas ! Je ne veux pas qu'il t'arrive la même chose !

— C'était le meilleur ami de Santini, mais alors… commença John totalement bouleversé.

Il se leva subitement.

— Non ! cria le médecin. Vous ne devez pas vous lever vous n'êtes pas encore…

— Je dois y retourner ! Il y a une chose que je dois dire et voir avec ce Capitaine ! Il faut que je lui parle !

John fit à peine trois pas qu'il s'écroula au sol. Ses jambes n'avaient pas la force de le porter. Plusieurs infirmiers entrèrent rapidement et le ramenèrent dans son lit sans qu'il puisse y faire quoi que ce soit.

— Non ! cria John en se débattant. Il faut que je retourne là-bas ! Il faut que je parle au Capitaine !

— Vos blessures vont se rouvrir si vous vous agitez comme ça !

Le médecin lui administra rapidement un calmant. Au bout des quelques secondes John ne bougea plus. Il n'avait plus aucune force.

— Tu ne dois pas retourner là-bas ! cria Anna en pleurs. Tu ne dois pas ! Je t'en prie !

John ferma finalement les yeux.

— Votre frère est majeure Mademoiselle. Le jour où il ira mieux, vous ne pourrez pas l'empêcher de retourner sur ce bateau, vous savez, l'informa le médecin avec sérieux.

— Vous ne comprenez pas ! Il avait totalement perdu pied lorsqu'Yvan est mort. Il avait attrapé une maladie qui l'avait grandement affaibli. Il est resté plusieurs mois à l'hôpital. On a perdu nos parents, juste après. On a préféré ne pas lui dire.

— Et lorsqu'il l'a appris bien plus tard la réaction a été pire, dit le médecin.

— Il a disparu du jour au lendemain, confirma Anna. Nous avons entrepris de recherches un peu partout puis nous avons pensé à ce navire. Mais nous n'avions aucun lien avec eux. Nous ne savions pas dans quelle région il se trouvait en mer. Ce qu'avec cette histoire de pirates que nous avons enfin put le retrouver. Il aurait pu être tué !

— Visiblement votre frère l'a trouvé lui. Il a apparemment vécu sur ce navire pendant plusieurs jours. Les enquêteurs le soupçonnent de faire partie des pirates.

— C'est absurde ! John ne ferait jamais une telle chose ! Il ressemble beaucoup à Yvan, vous savez. C'est pour cette raison que je ne veux pas qu'il retourne sur ce bateau. Parce que je sais très bien qu'il y a une grande chance qu'il reste définitivement là-bas. Ou qu'il finit par se faire tuer comme notre frère ! Ils sont tous les deux passionnés par la mer.

— Comme je vous l'ai dit, vous ne pourrez rien faire s'il décide de partir.

Le lendemain, John reçut la visite des enquêteurs. Il répondit calmement à toutes leurs questions en leur donnant même des détails en évitant de parler des caches du navire constatant qu'ils ne semblaient pas au courant de cette information.

— Il semble clair que vous n'êtes pas impliqué avec ces pirates, en conclut l'un des inspecteurs.

Ils repartirent après lui avoir fait signer une déposition. John ne chercha plus à partir pour le moment. Il avait appris que le navire du Capitaine Santini avait repris la mer. Il lui était donc impossible de le retrouver. Du moins pas dans l'immédiat. Il se contenta de faire tout ce qu'on lui demandait chaque jour. Mais il ne se passait pas un jour sans qu'il ne pense à ce Capitaine. Il se posait un tas de questions. Le détestait-il ? Savait-il qui il était ? Probablement pas puisque le navire était reparti bien avant qu'il ne se réveille dans cet hôpital. Il fallait qu'il le retrouve. Il fallait qu'il lui dise la vérité. Pour John il lui était impossible de continuer sa vie sans savoir si cet homme le rejetterait après avoir appris son identité ou pas. Il fallait qu'il sache. Devait-il se faire une raison, ou devait-il espérer quelque chose ? Cet homme l'obsédait nuit et jour. Il ne pouvait pas rester ainsi définitivement.

John fut conduit à la résidence où vivait Anna lorsqu'il put se lever. C'était elle qui s'occupait de tout comme s'il n'était encore qu'un enfant. Il fut installé dans une chambre assez grande. Il y avait beaucoup d'étagères remplies de livre dont la plupart parlaient de la mer.

— C'était ta chambre lorsque les parents étaient encore en vie. Tu adores les livres. D'ailleurs, tu viens souvent ici pour te ressourcer. Lorsque tu ne travaillais pas.

— Je travaillais dans quel domaine ? demanda John.

— Tu as fait des études sur les moteurs de bateau et l'informatique de bord.

— Je vois, répondit celui-ci qui comprenait mieux maintenant pourquoi lui avait été facile d'aider Greg sur L'Oregon.

John aperçut un ordinateur portable posé sur un des bureaux.

— C'était l'ordinateur d'Yvan. On l'a mis dans ta chambre en espérant que tu aimerais l'avoir. Je n'y ai pas touché. Je n'en ai pas eu le courage.

John acquiesça de la tête. Il se dirigea vers la bibliothèque et feuilleta quelques livres.

— Ce sont que des livres qu'on t'a offerts au cours de ta vie et que tu as ramenés également. Tu as aussi une grande passion pour les livres. Comme Yvan.

John observa sa sœur. Quelque chose l'interpellait. Mais il n'arrivait pas à deviner ce que c'était.

— Bien, je te laisse te reposer, dit-elle visiblement gêner. On mange à dix-neuf heures comme d'habitude.

— Merci, répondit John en s'asseyant sur l'un des fauteuils et en ouvrant un des livres.

Même s'il pouvait se déplacer, il le faisait encore avec quelques difficultés et surtout se fatiguait rapidement. Il ne pourrait pas aller bien loin. Dans l'immédiat il décida d'attendre un peu et surtout de reprendre des forces. Dans son état, il ne pouvait pas faire grand-chose même si chaque jour qui passait l'éloignait de plus en plus de cet homme. Il se demandait bien pourquoi celui-ci l'attirait autant. Pourquoi il ne se passait pas un seul jour, sans que ses pensées fussent tournées vers lui. Depuis il sentait comme un grand vide au fond de lui. C'en devenait insupportable.

Anna disparut dans le couloir. John se leva et inspecta la chambre. S'il avait découvert la vérité sur son frère, il avait certainement dû y cacher des informations quelque part. Il devait comprendre le lien qui existait entre ce navire, les pirates et son frère. Il fouilla un peu partout en évitant de faire du bruit, mais ne trouva rien. Le carillon sonna subitement, indiquant qu'il était l'heure d'aller manger. John sortit de la chambre et rejoignit Annie dans le salon. Ils mangèrent tranquillement sans vraiment parler. Lorsque le repas fut fini, John retourna dans sa chambre. Il poursuivit ses recherches.

Se trouvant grandement fatigué au bout d'un moment il s'allongea sur le lit et pensa à Tony. Pensait-il à lui, lui aussi ? Ou bien, l'avait-il déjà oublié et était passé à autre chose. Au fond de lui, il voyait L'Oregon s'éloigner de plus en plus. Il fallait qu'il fasse vite. Il fallait qu'il trouve cette information. Que faisait son frère sur ce navire. Pourquoi avait-il été tué. Et surtout comment ?

John s'endormit facilement livre en main. Il n'aperçut pas sa sœur qui referma la porte de sa chambre un peu plus tard.

Le lendemain il poursuivit ses recherches. Il retira chaque livre et les feuilleta dans l'espoir d'y trouver quelque chose. Mais il ne trouva rien. Il s'assit sur l'un des fauteuils en soupirant et en posant son regard sur l'ordinateur. Il se souvient subitement ce qu'il avait accompli avec celui de la salle des machines sur L'Oregon. Il se leva subitement et prit place devant celui-ci. Il l'alluma et tomba sur le traditionnel message de demande de mot de passe. Il tapa plusieurs mots au hasard, mais l'accès lui fut refusé à chaque fois. Il soupira et recommença encore et encore. Il tenta de le pirater mais n'y réussi pas.

— Je dois réfléchir se dit-il. Qu'est-ce que j'aurais mis ? Quelque chose qui me rappellerait mon frère ?

John se rendit compte soudain qu'il ne connaissait rien de son frère. Tant qu'il ne retrouverait pas la mémoire, c'était voué à l'échec. Il fallait qu'il en apprenne plus sur celui-ci. Il se leva et sortit de sa chambre et se promena dans la résidence. Il y avait une bibliothèque qui se trouvait au même étage que sa chambre. Il entra et se promena entre les allées de livres. Il se retourna et se retrouva soudain devant Anna. Ce qui le fit sursauter de peur sur le coup.

— Désolé, dit-elle en souriant. Je ne voulais pas te faire peur. Il m'arrive de venir ici en pensant à Yvan. Il venait souvent se ressourcer ici lui aussi.

— Je me demandais ce que Yvan lisait, m'en souvenant plus, lui dit-il.

— Oh, il lisait tout ce qui avait trait à la mer, répondit Anna. Mais tu devrais aller dans sa chambre. Là où se trouvent tous ses livres préférées.

— Sa chambre ? demanda John se demandant bien pourquoi il n'y avait pas pensé plus tôt.

— Oui, la pièce qui se trouve à côté de la tienne.

— Merci, je vais aller y jeter un œil, répondit John.

Il sortit de la bibliothèque et se dirigea aussitôt dans la pièce que lui avait indiquée Anna.

Il entra lentement et trouva à peu près le même genre de chambre que la sienne excepté qu'il y avait beaucoup plus de tableau ou décoration de la mer ou de bateaux. Il scruta longuement la chambre en toucha du bout des doigts certains meubles. Il trouva une photo sur le bureau. Une photo qui le représentait lui et son frère. Il regarda longuement cette photo. Bien qu'ils se ressemblent peu, ils avaient l'air d'avoir le même âge. Sans doute qu'ils n'avaient que très peu d'années de différence.

— C'est étrange, se dit-il. Pourquoi il n'y avait pas de photo avec leur sœur.

Il continua de scruter la chambre. Il y trouva également un ordinateur. Celui-ci n'était pas protégé par un mot de passe. Il n'y trouva rien d'intéressant à l'intérieur.

Il jeta un œil sur les livres de la bibliothèque. L'un d'eux l'interpella cependant. Il le retira de la bibliothèque et le feuilleta.

— Cœur de tempête, dit-il en se souvenant de la conversation qu'il avait eue avec Gaverik.

— Mon frère appelait le Capitaine cœur de tempête, pensa-t-il. Ce n'est certainement pas anodin !

John retourna dans sa chambre et se mit devant l'ordinateur. Il regarda longuement le livre qui visiblement racontait l'histoire d'un homme qui était née en mer et qui avait passé sa vie entière sur un bateau.

— Comme le Capitaine Santini ! Ça doit être ça !

Il tapa le mot de passe et il eut accès au contenu de l'ordinateur comme il s'y attendait. Il scruta les fichiers, mais ce fut surtout l'un d'eux qui l'intéressa plus particulièrement portant le nom de L'Oregon. Il fouilla dans le bureau et y trouva une clé USB. Il y copia plusieurs fichiers sur celle-ci et la cacha dans sa poche. Il ferma l'ordinateur et sortit de la chambre. Il allait retrouver sa sœur afin d'avoir plus d'explications lorsqu'il l'entendit parler au téléphone.

— Mais non il n'a pas encore trouvé ce fichu code ! s'écria-t-elle. Et je commence vraiment à en avoir marre de jouer les nounous ! Ce type m'énerve de plus en plus ! On dirait un mollusque !

John s'appuya contre le mur tellement il en était bouleversé. Il ne comprenait pas sa réaction.

— Oui, je bien sûr le surveille. Mais pour l'instant il se contente de découvrir les lieux. Oui, il m'a posé des questions sur son frère. Il vient seulement d'aller visiter sa chambre. Non, on ne risque rien. Il ne se pose même pas de questions. Il se contente de suivre sagement ce que je lui dis. Il n'est pas comme son frère lui. Ou bien c'est sa perte de mémoire qui l'a beaucoup ramolli.

John retourna dans sa chambre en silence. Il tourna en rond pendant un bon moment en tentant de se calmer. Il ne comprenait pas les réactions de sa sœur. Elle semblait pourtant si gentille devant lui. Il se demandait bien de quoi elle parlait et surtout à qui elle parlait. Ils voulaient récupérer l'un des fichiers de l'ordinateur… Dans quel but ? Dans l'immédiat, lui il ne risquait rien, tant qu'ils ne se doutaient de rien. Une chose était sûre maintenant, il ne devait pas lui donner ce fichier. Il devait savoir si cette femme était bien sa sœur. Il scruta avec attention les albums photo qui se trouvaient dans sa chambre et comme il s'y attendait, il ne trouva aucune trace de sa sœur. Par contre il trouva une trace de celle-ci dans le personnel des domestiques que ses parents avaient embauché. Elle semblait en être la fille. John resta un moment assis sur le fauteuil en se demandant ce qu'il allait faire maintenant qu'il connaissait la vérité. Il ne fallait pas qu'il éveille leurs soupçons. Il fallait qu'il joue leurs jeux et qu'il parte rejoindre L'Oregon. La pendule sonna l'heure du repas et John soupira longuement pour reprendre ses esprits.

Après le repas, John se sentait vraiment fatigué il s'excusa auprès d'Anna et monta se coucher. Il se coucha immédiatement et s'endormit rapidement. Il fut cependant réveillé quelques heures plus tard par le phare de diverses voitures qui semblaient sortir de la résidence et qui en passant éclairaient l'un des murs de sa chambre. Il jeta un œil par la fenêtre, mais il recula aussitôt lorsqu'il reconnut les deux personnages qui semblaient discuter avec Anna dans la cour.

Cette fois il n'y avait plus de doute possible. Anna n'était non seulement pas sa sœur, mais elle était de mèche avec ce Sanders et cette Madame Lan. Les complices des pirates qui visiblement n'avaient pas été inquiétés. Il fallait absolument qu'il retourne sur L'Oregon. John prit la clé USB qu'il mit dans sa poche. Il prit également le livre préféré de son frère qu'il cacha dans sa veste. Il devait sortir de la chambre et de la résidence sans qu'ils ne s'en aperçoivent. Il jeta un œil par la fenêtre et s'aperçut qu'il n'y avait plus personne. Ils devaient certainement être rentrés à l'intérieur.

John ouvrit la fenêtre et descendit le long du mur grâce à la gouttière. Il lui semblait avoir fait ça plusieurs fois dans sa vie, même s'il ne s'en souvenait pas vraiment. Il atterrit sur le sol assez durement pourtant. Il reprit ses esprits et commença à courir dans le jardin en direction du portail. Il passa par-dessus l'un des murs et se retrouva directement dans la rue. Il aperçut soudain les lumières de la résidence qui s'allumaient et des hommes crier dans tous les sens. Il se mit à courir dans la rue qui semblait quasiment vide à cette heure tardive de la nuit. Il s'apprêtait à tourner dans une autre lorsque soudain on l'attrapa par-derrière et il se retrouva dans les buissons avec cet inconnu qui lui mit sa main sur sa bouche afin qu'il ne puisse pas crier.

Ils entendirent une voiture passer en trombe avec les fenêtres ouvertes et des hommes qui scrutaient attentivement la rue. John se demandait bien qui était cette personne qui lui avait finalement sauvé la mise.

Lorsque la voiture fut suffisamment éloignée, l'homme enleva sa main de la bouche de John et desserra son étreinte. John se retourna lentement pour observer cet homme.

— Gaverik ! reconnut-il soudain. Mais que faites-vous ici ?

— On dirait que je suis arrivé à temps ! fit celui-ci. Venez ! Ne restons pas ici. Ils vont revenir. J'ai ma voiture un peu plus loin.

Gaverik le fit monter dans sa voiture et démarra aussitôt.

John ne se rappela pas la suite du trajet. Il se réveilla au petit matin dans une chambre d'hôtel.

— Bien dormi ? demanda Gaverik qui se trouvait sur l'un des fauteuils non loin. Je suppose qu'ils ont dû vous donner quelque chose, vous vous êtes rapidement endormi dans la voiture hier soir.

John s'assit dans le lit et se massa la tête.

— Je suppose. C'est sans doute pour ça que je dormais si bien à la résidence. Sur L'Oregon, j'avais du mal à dormir.

— Ils souhaitaient surtout que vous restiez tranquille et que vous ne vous posiez pas trop de questions. Mais dites-moi, qui est cette femme ?

— Elle se faisait passer pour ma sœur, mais j'ai découvert qu'elle était en réalité la fille d'une des servantes que mes parents avaient embauchées lorsqu'ils étaient encore en vie.

— Alors, vous commenciez à vous poser des questions ?

— En fait j'ai trouvé des fichiers sur l'ordinateur de mon frère, mais j'ai dû trouver son mot de passe pour pouvoir y accéder. Je n'ai pas pu lire le fichier faute de temps. Mais il semble que cela concerne le navire sur lequel vous travaillez.

— Qu'avait à voir votre frère avec nous ? demanda Gaverik qui ne comprenait pas.

— Il s'avère que je m'appelle John Curtis. Yvan était mon frère, répondit John.

Gaverik se leva subitement.

— Merde ! Ce n'est pas possible ! Vous êtes le frère d'Yvan ?

— J'en ai bien peur. Il y avait des photos de moi et de lui dans ma chambre et dans la sienne. Mais pas celle d'Anna. C'est comme ça que j'ai commencé à me poser des questions.

— Il y a une chose que je ne comprends pas, fit soudain Gaverik quel lien à tout cela avec l'Oregon ?

— Ça, j'aimerais bien le savoir, répondit John. Et à mon avis, la réponse se trouve dans le fichier que j'ai copié et dans ce fameux livre.

John et Gaverik étaient restés dans la chambre d'hôtel pour la journée. Gaverik avait décidé qu'ils allaient continuer leurs recherches dans la chambre. Il ne voulait pas prendre le risque de rencontrer Sanders et les autres dans la rue. Il ne pouvait pas non plus contacter L'Oregon sans passer par les garde-côtes et sans savoir s'ils seraient de ce fait prévenu d'une manière ou d'une autre. Gaverik ne voulait pas prendre de risque. Ils décidèrent donc de continuer leurs recherches afin d'en savoir plus tout en restant dans la chambre pendant quelques jours. Gaverik avait commandé un ordinateur portable avec un accès à internet et en attendait la livraison.

John s'était installé dans l'un des fauteuils. Il ouvrit le livre dont le titre était « Cœur de tempête » et s'apprêtait à le lire. Une chose l'interpella soudain. Le livre en question semblait avoir été édité en un seul exemplaire ce qui était assez surprenant. Il n'existait donc pas dans le commerce et était de ce fait totalement inconnu au public. Comment pouvait-il être le vivre préféré de son frère ?

— Dites-moi Gaverik, demanda-t-il soudain. Comment votre capitaine a-t-il obtenu son navire ?

— Il l'a hérité de son père si je me souviens bien pourquoi ?

Le visage de John devint grave.

— Je me demande comment mon frère a pu obtenir ce livre. Je crois que ce livre a été écrit par le père du capitaine Santini.

Gaverik se tourna soudain vers John.

— Comment pouvez-vous affirmer une telle chose ?

— Ce livre semble raconter l'histoire de L'Oregon. De son capitaine qui lui aussi est né à bord lors d'une tempête. Ce garçon s'appelait James Santini.

— Tony aussi est né un jour de tempête, informa Gaverik. Sa mère n'a d'ailleurs pas survécu à l'accouchement. James Santini était bien le nom de son père.

— Je pense que cette histoire de pirates va beaucoup plus loin que nous ne pouvons l'imaginer, dit John. Il faudrait que je fasse une comparaison des navires qui ont été attaqués. Si mes soupçons sont justes, je vous parierais que ce sont le même type de navire qui ont été attaqué et qu'ils ont été construits à peu près à la même date.

— Je ne comprends pas.

— Je pense qu'il a dû se passer quelque chose avec l'un des navires à une certaine époque et que certains sont certainement à la recherche de quelque chose qui y serait caché à bord de l'un d'eux. Reste à savoir ce que c'est.

— Ce qui expliquerait pourquoi ils aient retourné tut le navire sensiblement à la recherche de quelque chose. Alors cette histoire de pirates ne serait qu'une façade ?

— J'en ai bien peur. Je vais continuer ma lecture et vais certainement comprendre plus de choses en cours de route.

Gaverik se retourna vers la fenêtre guetta la venue du livreur. John poursuivit sa lecture en changeant de position de temps en temps. Il était tellement plongé dans le livre qu'il ne prêta aucune attention à la livraison. Gaverik déballa l'ordinateur et le mit en route. Il fit commander également le repas du soir en jetant un œil de temps en temps à John qui était toujours plongé dans sa lecture.

Gaverik avait préparé la table et le repas lorsque John eut fini de lire. John leva la tête vers lui la mine grave.

— Il faut que j'effectue des recherches sur le net. Je pense avoir une piste.

— Tout d'abord on va manger, répondit Gaverik. On pourra mieux travailler l'estomac plein.

John et Gaverik mangèrent rapidement et se mirent ensuite sur l'ordinateur. John pianota sur le clavier aussi rapidement qu'apparemment il avait l'habitude de faire. Il recherL les nombreuses attaques qui avaient eu lieu plusieurs années auparavant dans les historiques des journaux. Il s'arrêta soudain sur une coupure de journal datant de plus de cinquante ans. Il semblait totalement bloqué par l'image.

— John ? John ? Est-ce que tout va bien ? demanda Gaverik visiblement inquiet.

Il voulut toucher l'épaule de John pour le ramener à la réalité, mais celui-ci s'écroula subitement.

— John ! John ! Merde ! John !

Gaverik prit son téléphone et appela les urgences. Ils arrivèrent rapidement et le transportèrent à l'hôpital. Il rencontra le médecin qui reconnut John immédiatement s'étant occupé de lui quelques jours auparavant. Celui-ci le prit en charge.

— Que s'est-il passé ?

— Je ne sais pas il a aperçu une coupure de journal et il s'est écroulé subitement.

— Ce doit être un choc émotionnel. Sans doute qu'en se réveillant il aura retrouvé toute sa mémoire ou du moins en partit. Je vais vérifier je vous tiens au courant.

Gaverik attendit dans le couloir en faisant les cent pas. Lorsque le médecin revint, il se dirigea automatiquement vers Gaverik.

— C'est bon, tout va bien. Il désirerait vous voir.

— Merci docteur.

— Il a retrouvé la mémoire et n'a rien. C'est sa sœur qui va être contente.

— Sa sœur ? demanda soudain Gaverik visiblement inquiet.

— Oui, ils nous ont appelés, car il avait encore disparu d'après elle et je leur ai dit qu'il venait juste d'être admis.

— Merde ! s'écria Gaverik. Ce n'est pas sa sœur en réalité ! Il faut absolument qu'on l'emmène ailleurs autrement sa vie sera en danger !

Le médecin le regarda avec stupeur.

— Comment ça, ce n'est pas sa sœur ? Elle était là tout le temps de son hospitalisation et l'a même ramené chez eux !

— C'est une longue histoire ! C'est la fille d'une de leur employée ! Ils veulent lui soutirer des informations à propos d'un truc qui se serait passé il a longtemps ! Cela concerne les pirates qui sévissent sur les navires en mer ! Sa vie peut être en danger !

— Très bien, je vais tenter de les retenir dans ce cas.

— Merci !

Gaverik entra rapidement dans la chambre.

— Rhabille-toi ! lui cria celui-ci Ta pseudo sœur va venir te chercher avec Sanders !

John se rhabilla rapidement et suivit Gaverik. Ils sortirent par-derrière. Gaverik attrapa un taxi au passage et il se fit conduire de l'autre côté de la ville. Il reprit un autre taxi pour les reconduire à l'hôtel.

— Tu m'as vraiment fait peur ! dit Gaverik en posant les clefs sur la table.

— Désolé, je n'avais pas prévu de faire ça.

— Maintenant, ils savent que nous sommes ensemble. Il va falloir que nous restions discrets pendant quelques jours. Ils vont nous chercher à travers toute la ville.

— À mon avis, ce ne sont pas des professionnels, constata John.

Gaverik observa celui-ci un bon moment. Il remarqua que son regard semblait totalement différent. Il semblait plus sûr de lui. Il se tenait plus droit également. Son regard était plus sûr.

— Le médecin m'a informé que tu avais retrouvé la mémoire.

— Oui, répondit John en se mettant devant l'ordinateur à nouveau et en pianotant encore plus rapidement. Il y a une cinquantaine d'années, des pirates sévissaient dans ce secteur.

John montra du doigt une carte de l'océan.

— Il avait un transport d'objets rares qui venait d'une fouille archéologique et qui devait être livré pour le musée du pays propriétaire. Malgré qu'ils fussent escortés par plusieurs navires, ils ont été attaqués. Le transporteur a réussi à s'échapper, mais leur navire n'en avait plus pour très longtemps. Ils ont rencontré L'Oregon qui a accepté de cacher la cargaison dans leur soute cachée.

— Des soutes cachées ? On l'aurait su si elles existaient !

— Eh bien non justement ! Le père de Tony est mort avant de pouvoir lui en parler. Mais il avait fait écrire un livre racontant son histoire. Un livre qui ressemble à un roman d'aventures quelconque. Mon frère a dû tomber dessus, je ne sais comment. Mais je me souviens qu'il avait fait de longues recherches sur internet et sur place. Il partait souvent et revenait souvent. Un jour il est revenu tout excité. Il a dit qu'il avait retrouvé Cœur de tempête et qu'il le rejoignait pour de bon cette fois.

— Pourquoi j'ai cette vague impression que tu étais très proche de ton frère ?

— Parce que Yvan n'était pas seulement un frère. C'était mon frère jumeau. Nous ne nous ressemblons pas physiquement, mais nous étions très proches. Il était devenu le meilleur ami de Tony. Il savait qui il était, et avait découvert le secret de L'Oregon. Le soir de la tempête, il était revenu en catastrophe par hélicoptère et s'apprêtait à lui dévoiler ce qu'il avait découvert. Mais il est mort avant. Car il aidait l'équipage à préparer le navire et il y a eu cet homme qui est sorti sur le pont au mauvais moment.

— Je me souviens, il faisait beaucoup d'allers et venues, informa Gaverik. Surtout les derniers temps.

— Je suis tombé malade au même moment de sa mort. Au fond de moi j'avais dû le sentir, mais je n'ai pas pu mettre de mots sur la souffrance que je ressentais. J'ai sombré et j'ai perdu mes parents dans la foulée. Lorsque j'avais retrouvé mes esprits, je suis tombé sur une lettre de mon frère. Je ne sais pas ce qu'elle est devenue. Sans doute que je l'ai perdu lors de l'explosion du bateau que j'avais loué pour vous rejoindre. Vous connaissez la suite.

— Si L'Oregon possède une cale secrète dont nous ignorons, elle doit forcément se trouver sous nos pieds. Reste à savoir par quel endroit nous y aurons accès.

— Que va faire Tony avec ces objets ? demanda John. Le navire qui leur a confié tout ce trésor a sombré avant de pouvoir informer leur gouvernement de la situation. Tout le monde croit que la cargaison a été perdue où voler.

— Tony le rendra certainement au pays propriétaire. Ces objets font partie d'une histoire tout comme L'Oregon fait partie de son histoire. Ce serait du vol de le garder.

— Je comprends.

— Il y a une autre chose dont tu te souviennes ?

— Mon frère me parlait souvent de Tony lorsqu'il revenait à la maison. Sans le vouloir vraiment je crois que je suis tombé amoureux de lui déjà avant de le connaître. Il l'appelait Tony « cœur de tempête ». Il me disait souvent, son cœur n'a jamais été pris. Un jour tu verras, il t'appartiendra et le tien lui appartiendra également. À l'époque, je n'avais pas du tout compris ce que cela voulait dire. Je n'aurais jamais cru que je le rencontrerais par la suite.

— Yvan était quelqu'un de spécial. J'ai cru un moment qu'il finirait avec Tony. Mais cela ne s'est jamais fait. C'était une profonde amitié. Rien de plus.

— C'est pour cette raison que je voulais absolument vous rejoindre. Non seulement je voulais en savoir plus sur la mort de mon frère, mais je voulais rencontrer cet homme qu'il aimait tant. Je dirais que notre première rencontre n'a pas vraiment été joyeuse.

— Tony a dû sentir le lien qui vous unissait à lui. Il a dû avoir peur et vous rejeter en conséquence, ne comprenant pas ce que c'était. Ce n'était pas spécialement contre vous. La mort de votre frère l'a énormément touché. Je crois même qu'il ne s'en remettra jamais.

— Maintenant il faut que je trouve le lien avec ce Sanders et les autres.

— Sanders vient depuis des années sur L'Oregon, informa Gaverik. Madame Lan également. En revanche, je ne connais pas cette femme qui se prétend être votre sœur.

— C'était la fille d'une de nos employées. Ils ont dû lui proposer une somme d'argent assez conséquente pour qu'elle accepte de faire ce qu'ils voulaient.

— Je me demande comment ils ont appris l'existence de ce trésor enfoui.

— Sans doute un rescapé du naufrage. Ou un ancien membre d'équipage de L'Oregon de l'époque. Le trésor doit être assez conséquent pour qu'ils montent ce genre d'entreprise datant de plusieurs années. Même si la plupart ont été arrêtés, ils n'ont pas l'air de vouloir abandonner l'affaire.

— J'ai tout de même l'impression d'avoir affaire à des amateurs, dit Gaverik.

— Je le pense également, confirma John. Leur chef a été arrêté. Ils doivent être un peu perdus.

— Mais il n'en demeure pas moins dangereux. Et je pense qu'ils seraient prêts à tuer s'il le fallait pour atteindre leurs objectifs.

— Il va falloir que nous retournions sur L'Oregon, dit John. Nous devons nous assurer dans un premier temps que le trésor se trouve bien à bord et dans un deuxième temps prévenir le pays concerné.

— Et tout ça sans se faire prendre par nos bons amis.

— J'ai des amis qui pourront nous aider, informa John. Des amis en qui j'ai la plus grande confiance et qui me doivent un service. Avez-vous un portable ?

John passa un coup de fil qui dura plus de dix minutes. Gaverik écoutait la conversation en tournant en rond dans la pièce. Lorsqu'il raccrocha, John le regarda.

— Ils viennent nous chercher en voiture. Ensuite, on prendra l'hélicoptère pour rejoindre L'Oregon. J'ai juste à le localiser sur la carte.

Gaverik se pencha sur une carte que John avait téléchargée sur l'ordinateur et lui pointa du doigt l'endroit où devait se trouver le navire.

— Parfait, le temps de trajet sera long, mais l'hélico peut le faire.

John guetta la limousine qui devait venir les chercher. Celle-ci arriva dix minutes plus tard. Ils descendirent la rejoindre et John serra la main au chauffeur qu'il semblait bien connaître. La limousine les conduisit à un héliport ou le chauffeur de l'hélicoptère avait déjà fait chauffer les moteurs et semblait les attendre.

— Où dois-je vous conduire ? demanda celui-ci.

— À cet endroit ! informa John en lui montrant l'endroit sur la carte.

— C'est de l'autre côté dans un autre port ! s'écria le pilote avec étonnement.

— Oui, nous devons rejoindre un navire de toute urgence !

— Très bien, j'espère seulement qu'il sera présent dans le secteur, car ça fait une sacrée route et moi il faut que je puisse revenir !

Ils montèrent dans l'hélicoptère qui décolla presque aussitôt.

Le vol se passa quasiment en silence. Chacun scrutait le port avec attention dans l'espoir d'apercevoir L'Oregon. Gaverik espérait l'apercevoir malgré que celui-ci n'utilise pas toutes les lumières.

— Là ! s'écria John en pontant son doigt sur la droite.

L'hélicoptère se dirigea aussitôt vers celui-ci.

Gaverik prit la radio et tenta un premier contact. Il fut surpris d'entendre la voix de Greg.

— Gaverik ? C'est toi qui te ramènes en hélico ? fit celui-ci. Attend je vous allume ! J'ai pas envie que vous m'abimiez le pont ! Les autres cons ont fait assez de dégâts !

Gaverik se mit à rire.

— Toujours aussi prévenant Greg !

L'Oregon fut soudain éclairé sur toute sa longueur. Le pilote posa l'hélico sur le toit.

— Merci ! cria John.

— Y a pas de quoi ! répondit celui-ci.

John et Gaverik descendirent et se dirigèrent sur le pont inférieur pendant que l'hélicoptère repartit aussitôt. Les lumières de L'Oregon s'éteignirent presque aussitôt.

— Ça va aller ? demanda Gaverik qui suivait John sur le pont des officiers. Je peux t'accompagner si tu veux. Le Capitaine peut avoir des réactions un peu brutales parfois.

— Non, c'est gentil, mais je préfère que l'on soit seul. Cela ne va pas être évident à dire pour moi tout comme cela ne va pas être évident pour lui de l'entendre.

— Très bien, je reste dans le secteur au cas où.

— Merci, répondit John en frappant à la porte des quartiers de Tony.

10

Tony était retourné dans ses quartiers à l'annonce de l'arrivée de l'hélicoptère. Il se doutait bien que c'était Gaverik qui revenait de son excursion. La plupart des convives étaient déjà dans leur quartier depuis plusieurs heures. Ils repartaient demain matin à la première heure et tout était déjà prêt.

Il s'apprêtait à se coucher avec un livre lorsqu'il entendit frapper à la porte de ses quartiers. Tony se leva et alla ouvrir. Tel ne fut pas sa surprise lorsqu'il se trouva nez à nez avec Jordy.

— Il faut que je vous parle, dit celui-ci.

— Qui vous a fait monter à bord ? demanda celui-ci.

John n'attendit pas qu'il l'autorise à entrer. Il entra tout simplement.

— C'est important. Pour vous, pour moi et pour votre navire.

— Vous n'avez pas répondu à ma question et je ne vous ai pas autorisé à entrer il me semble !

— On va en avoir pour un bon bout de temps. Et vous écouterez ce que j'ai à vous dire que vous le vouliez ou non, affirma John avec une telle assurance que Tony en fut totalement surpris.

— Pourquoi êtes-vous revenu ? demanda Tony en prenant place sur l'un des fauteuils comprenant que cette fois celui-ci ne lui obéirait pas.

John ferma la porte et se dirigea vers Tony.

— Je sais qui est Yvan Curtis, dit John en observant Tony.

Celui-ci se leva subitement et le plaqua brutalement au mur.

— Je vous avais dit de ne plus prononcer son nom ! hurla Tony le regard rempli de colère.

— Je sais également qui je suis, continua John en le regardant dans les yeux. Libre à vous de me frapper une fois que je vous l'aurais annoncé.

— Ça me fait une belle jambe que vous ayez retrouvé la mémoire ! lui cria Tony rouge de colère. Alors vous pouvez repartir par cet Hélicoptère !

John ne le quitta pas des yeux avec une pointe de tristesse cette fois. Mais il gardait toujours cette détermination. Ce qui ne rassura pas Tony bien au contraire. Il sentait quelque chose se passer entre eux. Quelque chose qu'il ne comprenait pas et qui le terrifiait pour la première fois de sa vie.

— Foutez-moi le camp ! lui cria Tony en le poussant vers la porte.

Mais John se retourna et continua de le regarder dans les yeux. Cette fois ce fut lui qui le plaqua au mur avant même que Tony ne puisse réagir. Ils se regardèrent longuement dans les yeux. John décida tout de même de se lancer. Il était hors de question cette fois que cela se finisse comme ça. Tony se dégagea et s'apprêtait à le frapper de nouveau.

— Je m'appelle en réalité John Curtis, lança John ne le quittant toujours pas des yeux.

Le mouvement de Tony resta soudain en suspens. Cette fois son expression changea subitement. Il ouvrit la bouche, mais aucun son n'en sortit.

— Yvan était en réalité mon frère, poursuivit John. Mon frère jumeau pour être exact. Je n'ai appris sa mort que bien plus tard, même si je l'avais sentie, mais je refusais de l'admettre. À ce moment-là, je suis tombé gravement malade. Cela a failli me coûter la vie. J'ai perdu mes parents peu de temps après. Ma famille avait décidé de ne rien me dire. Mais je l'ai appris par hasard. J'étais tellement en colère que j'ai pété un plomb peu après ce qui n'a pas arrangé les choses. Lorsque je m'en suis sortie, je suis tombé sur un courrier de mon frère qui datait de près d'un an. Un courrier dans lequel il expliquait ce qu'il avait découvert concernant les pirates qui sévissaient en mer et ce qu'ils recherchaient en réalité. Je pense que cela se trouve sur votre navire. Mon frère me parlait souvent de votre navire. Quand il parlait de vous, il vous appelait Cœur de tempête à juste titre.

Tony dut aller se rasseoir sur le fauteuil. Tout cela lui rappelait trop de souvenirs qui lui faisaient trop mal. Il avait du mal à croire toutes ses révélations. Cet homme lui procurait des sensations qu'il ne comprenait pas. Il avait rêvé de lui plusieurs fois. Cela le gênait comme cela lui donnait envie d'aller beaucoup plus loin.

— Je vous ai cherché pendant des mois, continua John. Vous et votre bateau. Je devais vous prévenir et prévenir les autorités. Mais je ne sais comment, le bateau sur lequel j'étais et qui était censé vous rejoindre a sauté. Je me suis retrouvé seul au milieu de cette mer. Le seul survivant finalement. J'ai eu une chance énorme d'être tombé sur vous. Malheureusement ayant perdu la mémoire à ce moment-là, je n'ai pas pu accomplir ma tâche.

— Vous… commença Tony. Vous êtes le frère d'Yvan ?

— Oui, répondit John. Je peux vous montrer des papiers qui le prouvent.

John fouilla dans sa veste et tendit sa carte d'identité et son passeport. Il tendit également une photo où il se trouvait avec son frère. Tony prit la photo et il s'assit sur le fauteuil et la regarda longuement.

— Yvan…

— C'était votre meilleur ami. Et il l'est toujours, où qu'il soit aujourd'hui. Maintenant, il faut que je vous parle du pourquoi de ma venue. Après vous pourrez me virer à coup de pied au cul, si cela peut vous faire plaisir.

Tony observa cet homme qu'il ne reconnaissait pas. Cet homme qui visiblement avait attrapé son cœur. Il s'était battu pourtant. Battu pour que cela n'arrive pas. Mais il avait compris maintenant que cette bataille était perdue depuis le départ. Tony ne savait plus quoi faire à part écouter ce que cet homme avait à dire.

— Mon frère a récupéré ceci, dit-il en prenant le livre dans sa veste et en lui tendant. Je ne sais pas comment il se l'est procuré.

— Je lui avais prêté, répondit Tony en prenant lentement le livre et en le feuilletant. Je crois que c'est mon père qui l'a fait écrire. Je ne sais pas pourquoi, il l'a pris un jour en disant que le titre lui faisait penser à moi. Il était dans la bibliothèque du navire.

— Navire qui vous a été légué par votre père.

— Mon père est mort en mer. Je l'ai très peu connu en vérité. Je passais moi aussi ma vie en mer dès que j'en ai eu l'âge. Nous ne nous voyons pratiquement jamais.

— Votre père n'a pas pu vous raconter ce qu'il avait fait. Il est mort avant. Il a sauvé une cargaison de relique ancienne. Elle se cache sur votre navire. C'est ce que recherchent actuellement les pirates en pillant les nombreux navires recherchant celui qui serait susceptible d'être le bénéficiaire.

— Des reliques anciennes ? Sur mon navire ?

— Oui, très certainement dans une cale soigneusement cachée.

— Sur mon navire ? répéta Tony visiblement étonné.

— Le navire qui les transportait a été attaqué. Il était pourtant escorté. Il a réussi à s'échapper un temps avant que leur navire ne coule. Il a confié cette cargaison à votre père. Mais celui-ci étant mort avant, il n'a pas pu rendre cette cargaison au pays concerné. Tout le monde la croit perdu depuis des années.

— Pas tous visiblement. C'est une histoire un peu tiré par les cheveux.

— C'est écrit dans ce livre, j'ai retrouvé un fichier informatique que mon frère avait constitué. Le soir où il est mort. Le fameux soir où il devait vous révéler ce qu'il avait découvert. Votre père a fait de la contrebande un temps. Votre navire est constitué de plein de cache et de cachette. Même si vous l'avez rénové pour en faire un navire de luxe. Vous n'avez pas pu tout supprimer. Je pense savoir où la cargaison pourrait être mais il me faudrait un plan du navire pour en être sûr.

— Je dois avoir un plan détaillé du navire dans mon bureau, fit Tony en se levant et en fouillant dans les tiroirs. Je ne l'ai jamais utilisé jusqu'à présent. Je pensais connaître ce navire jusqu'au bout des doigts.

Tony en sortit une enveloppe datant de plusieurs années. Il l'ouvrit et en sortit une sorte de carte relativement ancienne pliée en plusieurs fois. Il la déplia délicatement sur le bureau et tous deux se penchèrent sur celle-ci.

— Là ! s'écria John. La surface dont vous bénéficiez sur votre navire semble moins haute que d'ordinaire. Cela doit être forcément au sous-sol.

— Allons-y dans ce cas, dit Tony en prenant une lampe de poche.

John le suivit. Tony ouvrit la porte et tomba nez à nez avec Gaverik.

— Je ne l'ai pas tué, si c'est ça que t'es venu vérifier, lui dit-il.

— Je peux me joindre à vous pour vos recherches ? demanda Gaverik en souriant.

— Plus on est de fous et plus on rit, rétorqua Tony.

Ils descendirent au sous-sol et rencontrèrent Greg au passage.

— Greg venez avec nous, demanda Tony. Il se pourrait que nous ayons besoin de votre aide.

— Oui capitaine ! répondit celui-ci en les suivant.

Tony lui expliqua rapidement la situation.

— Ça pour une histoire s'en est une ! Digne d'un roman. Il y a un endroit qui m'a toujours intrigué à l'avant du navire. C'est à cet endroit-là que je commencerais les recherches si j'étais vous.

Tous le suivirent à l'avant du navire. Ils allumèrent les lampes de poche et scrutèrent les murs à la recherche d'une éventuelle ouverture.

— Si ça fait des années que ça se trouve ici, j'espère que cela ne va pas être trop dégradé, dit Greg.

— Ils ont dû prendre toutes les précautions nécessaires, répondit John. Ce n'était pas des débutants.

Ils cherchèrent en vain pendant plusieurs minutes. John se pencha subitement sur les décorations qui se trouvaient sur les murs.

— C'est d'époque ? demanda celui-ci.

— On a rien touché ici, répondit Greg. D'habitude cette cale sert de réserve lorsque l'on a trop de convives.

John observa ces décorations et s'arrêta sur la représentation d'un navire en pleine tempête. Il caressa lentement le mur d'une main et comme il s'y attendait, il sentit une légère boursouflure à un endroit. Il appuya dessus et ils entendirent un cliquetis. Une porte s'ouvrit sur le côté en grinçant. Tous se regardèrent avant que finalement Tony décida de prendre la tête de l'expédition et entra le premier avec sa lampe de poche. Tous entrèrent lentement et aperçurent bon nombre d'objets relativement bien emballés et surtout tous fixés de façon à ce qu'ils ne bougent pas en cas de tempête.

— Non de Dieu ! s'écria Greg. Et dire que nous avions ça tout ce temps !

John tomba sur une vieille sacoche. Il la dépoussiéra et l'ouvrit lentement.

— Ce sont tous les papiers qui concernent cette cargaison, dit-il peu après. Ils avaient tout prévu.

John commença à consulter les papiers tandis que Tony commença à défaire l'un des emballages et tomba sur une magnifique statue en bronze.

— Voici le pays auquel tout ceci appartient, fit John en montrant le papier à Tony.

— Si nous nous pointons chez eux, ils vont nous accueillir avec leurs canons et leurs mitraillettes, répondit celui-ci. Ce pays fait partie de ceux que nous devons éviter habituellement. Ils n'ont pas de bonnes relations avec les États-Unis.

— Ça ne va pas être facile de leur rendre leurs objets, dit Greg.

— Et pourtant, il faudra bien leur rendre un jour, dit Tony. Je n'ai pas envie de continuer de me trimballer avec ça toute ma vie.

— Il n'y a plus qu'à prendre la direction de ce pays, dit Gaverik. Mais que fait-on des convives ?

— On pourrait les débarquer ailleurs, proposa Greg.

— Ils pourraient aussi nous servir, informa John.

— Vous prenez le risque qu'ils se fassent descendre avec nous Capitaine ? demanda Gaverik.

— Non, justement, ils hésiteront en sachant qu'il y a du monde et qu'ils pourraient s'attirer les foudres de nombreux pays. Nous les gardons à bord quoi qu'il arrive. S'il devait leur arriver quelque chose ailleurs j'en serais responsable. Autant que cela soit sur mon navire.

— Il y a de nombreux objets de valeur, informa John en scrutant le registre de la liste des objets. Des statues en pierre et en bronze, certaines même en or. Des parchemins qui datent de l'antiquité. Des coffres remplis de pièces et de bijoux. Je ne sais pas où ils ont trouvé ça, mais cela représente une certaine somme, ça, c'est sûr.

— Il y a de nombreux coffres de ce côté-ci, informa Greg.

Il ouvrit lentement l'un d'eux.

— Oh la vache ! s'écria-t-il soudain. Je comprends pourquoi ces pirates en avaient après ce trésor.

— Il y a de quoi vivre décemment pendant plusieurs générations, admit Gaverik qui jeta un œil lui aussi.

— Toutes ces pièces devraient être dans un musée, répondit Tony. Elles appartiennent au passé de tout un peuple.

— Que fait-on maintenant ? demanda Gaverik.

— On ne dit rien. On va prendre la direction de ce pays en espérant qu'ils ne nous descendent pas avant qu'on puisse l'atteindre, répondit Tony. Remettez tout ça en place. Il va bientôt faire jour et je ne voudrais pas qu'un seul des convives ne se rende compte de quoi que ce soit.

— Surtout qu'on a toujours les pirates à nos trousses maintenant, dit Gaverik. Une fois qu'ils auront compris que nous avons rejoint L'Oregon, ils vont certainement réagir eux aussi.

Tous remontèrent sur le pont des officiers après avoir soigneusement tout remis en place. Seule la vieille sacoche avait été emportée dans les quartiers de Tony pour y être étudiée de plus près par John. Gaverik s'occupa du changement de trajectoire du navire pendant ce temps-là.

John étudiait les documents depuis un bon moment lorsqu'il sentit soudain le regard de Tony sur lui. Il leva la tête vers celui-ci. Ils s'observèrent un bon moment.

— Je ne comprends pas pourquoi Yvan ne m'a jamais parlé de toi auparavant.

— Il attendait certainement le bon moment, répondit John.

— Le bon moment ?

— Oui parce qu'il savait très bien ce qui allait arriver.

Tony ne demanda pas plus d'explications. Il avait parfaitement compris l'allusion. Yvan le connaissait si bien.

— C'est un véritable trésor que L'Oregon possède dans sa cale. Il y en a pour des millions.

— Gaverik pense que nous en aurons pour plus d'une semaine pour atteindre ce fameux pays. En attendant, il va falloir occuper tout ce beau monde et protéger ce que nous avons.

— Vous n'avez qu'à organiser des réceptions. Ça fonctionnait plutôt bien chez mes parents. Quant à la cargaison, si on ne dit rien, dans l'immédiat on devrait être à l'abri.

— Je vais laisser cette tâche à Gaverik. Il est beaucoup plus diplomate que moi. Mais il arrivera bien un moment ou l'un des passagers se rendra compte de notre changement de cap. Ils vont certainement se poser des questions.

— De quoi vont-ils se plaindre, ils vont aller ou aucun autre ne sera allé avant eux, répondit John. À votre place je leur demanderais même une augmentation de tarifs !

Tony observa un bon moment John. Pour la première fois, il avait reconnu Yvan dans son regard. Il était à la fois différent et à la fois identique. Cet homme le mettait dans tous ses états. S'en rendit-il seulement compte ?

— Qu'allez-vous faire une fois que cette histoire sera finie, demanda Tony.

— Je pense que cela dépendra de vous. De ce que vous pensez faire avec moi, répondit John en souriant.

L'audace de la réponse surprit totalement Tony qui ne s'y attendait vraiment pas. Il comprit que celui-ci ne mâcherait pas ses mots concernant ses sentiments. Dans l'immédiat il n'était pas prêt à entendre la suite.

— Nous devrions parler de ça un peu plus tard, répondit finalement Tony. Nous ne savons pas comment tout cela va se terminer.

John sourit une nouvelle fois et se remit à étudier les documents. Il retrouva ses quartiers qui se trouvaient à côté de ceux de Tony. La semaine passa rapidement sans trop de problèmes. Plus ils approchaient du pays concerné et plus la tension était palpable. John était en train de feuilleter le livre rapporté par son frère lorsque l'alarme du navire retentit soudain.

John se releva subitement et sortit de ses quartiers pour se diriger automatiquement sur la passerelle. Il y trouva tout le monde la mine grave.

— Les pirates sont là ! informa Gaverik.

11

Gaverik avait fait augmenter la vitesse du navire. L'Oregon était poursuivi par trois navires inconnus.

— Dans combien de temps serons-nous à portée de communication ? demanda Tony.

— Dans quelques minutes répondit Gaverik. Ils nous talonnent de près.

— On y arrivera jamais ! cria Greg.

— Alors, prenez les armes s'il le faut ! ordonna Tony. Ils ne doivent pas mettre un seul pied sur ce navire !

— Bien capitaine ! répondit Greg en sortant rapidement de la passerelle.

En cas d'attaque c'était à lui qu'incombait la tâche de préparer la riposte de par son passé. Tony lui faisait entièrement confiance. Celui-ci allait très certainement prendre tous les hommes disponibles sachant tenir une arme.

Tony regardait droit devant lui et attendait le feu vert de Gaverik pour pouvoir contacter les autorités du pays où ils devaient remettre leur cargaison.

— Ils arrivent ! cria Gaverik.

— Changez de bord ! ordonna Tony.

Le navire changea de direction brusquement. Ils entendirent les premiers tirs peu après.

— Communication entrante ! informa Gaverik.

— Sur haut-parleur !

— Qui que vous soyez, vous êtes prié de faire demi-tour ou nous ouvrirons immédiatement le feu !

— Ici le Capitaine Santini du navire L'Oregon ! Je dois vous remettre une cargaison d'une grande valeur. Je ne peux pas faire demi-tour maintenant ! Nous avons des pirates à nos trousses qui veulent également cette cargaison.

— Nous n'avons rien commandé de la part de l'un de vos pays. Faites demi-tour ou vous serez détruit !

— Ceci n'est pas une commande. Nous avons des objets qui appartiennent à votre pays. Nous avons des passagers importants, si vous nous détruisez, vous aurez plusieurs pays sur votre dos. Nous vous demandons assistance !

— Nous n'avons aucune relation ni convention avec vos pays respectifs. Nous ne vous devons rien ni aucune assistance !

Ils entendirent soudain une explosion sur le pont.

— Merde ils ont des lances rockets ! s'écria Gaverik en faisant tourner subitement le navire.

— Ils veulent notre peau !

— S'ils veulent la cargaison, ils n'auraient pas intérêt à nous faire couler, informa John. Ils ne pourraient pas venir la chercher dans ces eaux-là.

— Faites demi-tour !

John se dirigea vers le micro de communication.

— Écoutez ! Regarder dans vos archives d'il y a dix ans. Un de vos navires qui transportait des objets venant de fouilles archéologiques a été attaqué et a disparu. Nous avons retrouvé cette cargaison récemment. Il s'avère qu'elle avait été confiée au père du commandant de L'Oregon. Celui-ci devait vous les remettre, mais il est mort avant d'avoir pu accomplir sa mission.

— Oui, et moi je suis la reine d'Angleterre ! répondit la voix par le haut-parleur.

— Je vous assure que c'est la vérité. Nous pouvons même vous envoyer des photos si vous le désirez !

Un silence de mort régna pendant quelques secondes.

— Ils ne répondent pas, constata Gaverik.

— Ils sont en train de vérifier les informations, compris Tony.

Une autre explosion retentit sur le navire.

— Ils ont intérêt à se grouiller ! Parce qu'à ce rythme-là L'Oregon va devenir un vrai gruyère ! s'écria Gaverik qui fit encore virer de bord le navire tout aussi brusquement.

Soudain, ils entendirent le vrombissement de nombreux hélicoptères passer au-dessus d'eux.

— Ils se mettent en position autour de nous ! cria Gaverik.

Les pirates attaquaient toujours L'Oregon.

— Que les hommes ne tirent en aucun cas sur les hélicos quoi qu'il arrive ! ordonna Tony.

— Ils vont nous tirer dessus ! cria Gaverik.

— Ils se mettent en position, confirma l'un des hommes de Tony qui se trouvait sur une autre console. Nous sommes également visés.

— Je crois bien qu'ils n'ont pas cru à notre histoire.

L'un des navires-pirates tira sur l'un des hélicoptères. La réaction fut immédiate. Le navire en question explosa peu après. Les tirs sur L'Oregon cessèrent brusquement.

— Ne tirez pas sur les hélicos ! répéta Tony.

Tous regardaient avec anxiété la ronde des hélicoptères.

— Nous demandons de faire demi-tour immédiatement ! cria une voix par un haut-parleur.

— Je sais ! cria John en se levant subitement et en sortant de la passerelle.

Il descendit directement dans la cale à l'avant du navire. Ouvrit la porte cachée et prit la fameuse statue qu'ils avaient déballée quelques jours auparavant. Il remonta en courant sur le pont cette fois.

Les deux navires-pirates abandonnèrent la partie et s'éloignèrent rapidement. Seul L'Oregon resta au même endroit.

— Veuillez rejoindre votre zone territoriale ! entendirent-ils. Où nous ouvrons le feu !

John apparut soudain au-dessus du pont et leva la statue pour que tous l'aperçoivent.

— Cœur de tempête cria-t-il. Cœur de tempête !

— Mais qu'est-ce qu'il lui prend ? demanda Tony. Il va se faire descendre ce con !

Les hélicoptères tournèrent autour du navire. L'un d'eux repartit soudain.

Ce fut le silence total pendant plusieurs longues minutes. Personne ne comprenait ce qui était en train de se passer. L'hélicoptère revint subitement.

— Préparez-vous à être abordé. Nous vous demandons de poser vos armes au sol !

— Faites ce qu'ils disent ! cria Tony en se levant et en se dirigeant vers le pont suivi de Gaverik.

L'hélicoptère se posa sur le pont prévu à cet effet. De nombreux hommes en sortirent armés et prirent une position sécurisée. D'autres envahirent le navire et confisquèrent toutes les armes.

Tony et Gaverik se positionnèrent aux côtés de John. Ils aperçurent un homme descendre de l'hélicoptère. Un homme d'un certain âge muni d'une canne. Celui-ci se dirigea vers eux lentement en scrutant les alentours avec attention. Il s'arrêta devant John.

— Comment connaissez-vous ce code ? demanda-t-il avec un accent. Ce code date d'une cinquantaine d'années.

— C'est une longue histoire, répondit John. Mais cela a coûté la vie de mon frère. J'espère que sa mort n'aura pas été vaine.

— Il va falloir que vous m'expliquiez en détail jeune homme, dit-il.

— Ce sera fait, confirma Tony. Je suis moi et mon équipage à votre service jusqu'à ce que vous ayez récupéré ce qui vous est dû. Je vous demanderais par contre de ne pas impliquer mes clients.

— Ce sera fait, confirma l'homme en acquiesçant de la tête.

— Je vous remercie, répondit Tony. Vous pouvez venir à l'intérieur. Je vous donne ma parole que rien ne sera tenté contre vous. Où il mourra de ma main.

L'homme acquiesça de la tête une nouvelle fois et suivit Tony avec ses gardes du corps. Tony les accompagna directement au mess. Tous prirent place autour de la grande table.

John revint suivi d'un des soldats. Il était parti chercher la vieille sacoche. Il la tendit à l'homme.

— Je suis le Général Solstwi. Vous avez de la chance que je connaisse cette histoire. Vous auriez pu être tué par mes hommes.

Solstwi ouvrit la sacoche et consulta les documents avec attention. Au bout d'un moment il fit de gros yeux et posa un regard grave à Tony et à John. Il fit signe au soldat qui tenait la statue. Celui-ci lui apporta et Solstwi la scruta longuement avec attention. Il la reposa et regarda Tony.

— Vous auriez pu être extrêmement riche avec tous ces objets. Pourquoi la rendre à un pays tel que le nôtre qui de plus est, n'a aucune relation amicale avec votre pays.

— Ces objets font partie de votre histoire générale, répondit Tony avec sérieux. Tout comme ce navire fait partie de la mienne.

— Racontez-moi votre histoire justement, demanda Solstwi.

John et Tony se relayèrent pour tout raconter. Lorsque ce fut fini, le Général soupira.

— Est-il possible de voir cette cargaison ?

— C'est la vôtre Général, répondit Tony en se levant. Venez.

Tony les conduisit dans la cale. Le Général scruta longuement chaque objet. Cela prit même plusieurs heures. Les hélicoptères avaient dû repartir à cause de leur limitation de carburant. Il avait été demandé au Capitaine s'il pouvait mouiller dans le port du pays. Celui-ci accepta sans difficulté. Les convives purent également sortir, mais se demandaient bien ce qui était en train de se passer. Les quelques rares clients qui râlèrent furent rapidement remis en place par Gaverik. Finalement tous furent ravis et impatients d'être les seules convives à pouvoir aller dans un endroit inédit. Avec un peu de chance, ils pourraient même sortir en ville sous escorte bien évidemment.

Lorsqu'ils arrivèrent au port, ils furent accueillis par un bon nombre de soldats armés. Le déchargement commença rapidement.

Le général était resté à bord tout le long de l'opération et surveillait avec attention tout ce qui se passait. Une fois que tout fut déchargé, Tony, John et Gaverik furent invités au palais de leur gouverneur.

Un copieux repas les attendait.

— Vous m'étonnerez toujours Capitaine. Rendre tous ces objets au risque de vous faire tuer.

— Je n'ai fait que continuer l'œuvre de mon père, répondit Tony. J'ai aussi eu l'aide de John. Le frère de mon meilleur ami qui lui aussi a continué l'œuvre de celui-ci après sa mort.

— Vous savez qu'actuellement, notre gouverneur est en train d'étudier votre cas, informa Solstwi d'un air grave.

Tony, Gaverik et John levèrent la tête vers cet homme.

— Il est aussi surpris que moi, par ce que vous avez effectué. Tous ces risques pris, la mort de votre frère. Il vient à l'instant d'arriver et souhaite vous parler à tous les trois.

La grande porte s'ouvrit subitement et tous se levèrent. Ils aperçurent un homme élégamment habillé entouré de gardes du corps se diriger tout droit vers eux.

— Messieurs, je suis enchanté de vous rencontrer dit-il en les saluant.

— Tout l'honneur est pour nous répondit Tony sous les regards amusés de Gaverik qui ne le soupçonnait pas aussi diplomate.

— J'ai longuement discuté de la situation avec mon gouvernement. Nous avons tous été du même avis sur plusieurs points. Vous nous avez rendu un trésor inestimable. Malgré que nos deux pays ne soient pas en bonne entente. Votre geste ne sera pas sans conséquence. Nous allons remercier dans un premier temps les gouvernements de votre pays. Et pourquoi pas, rouvrir des négociations amicales entre nos deux pays.

Tony posa un regard interrogateur.

— Si certaines personnes de ce pays sont capables d'un tel geste, alors c'est que finalement, votre peuple n'est pas si mauvais que certains le pensent. Ce sera certainement long et semé d'embuches. Mais j'espère très sincèrement que nous tous aboutirons à quelque chose de positif. Nous allons ouvrir un musée avec tous ses objets et les représentants de votre pays seront les premiers invités en signe de reconnaissance.

— C'est vraiment un immense honneur de votre part, dit Tony visiblement ému. Je ne sais comment vous remercier.

— C'est nous qui nous vous devons beaucoup Capitaine. Bien plus que vous ne pouvez l'imaginer. Profitez de notre hospitalité. Vous et vos convives êtes les premiers de votre pays à pouvoir fouler notre sol, et ce depuis des générations. Nous avons contacté votre pays. Ils acceptent d'entamer les premières négociations. Grâce à vous, une nouvelle ère se profile à l'horizon et je vous en remercie.

Le gouverneur les salua de la tête avant de repartir. Tous se regardèrent visiblement étonnés et émus.

Ils passèrent les quelques jours à visiter ce nouveau pays. Ils furent même reçus par leur propre représentant de leur gouvernement et reçurent même les remerciements de celui-ci. John et Tony n'eurent pas un moment à eux. Mais ils se jetaient certains regards de temps en temps. Des regards qui voulaient tout dire.

Ils purent repartirent quelques jours plus tard. Les convives étaient visiblement ravis. Ils avaient même pu ramener bon nombre de souvenirs.

Le soir du départ, John rejoignit Tony dans ses quartiers.

— Je pense qu'il est temps que nous ayons une conversation d'adulte, dit-il.

Tony prit place sur l'un des fauteuils. Il s'attendait à ce que cela arrive à un moment donné. Il n'en restait pas moins stressé pour autant. Mais cette fois il était prêt. Cette fois, il en était même heureux.

John prit place en face de lui et ne le quittait pas des yeux.

— Je ne t'oblige en rien Tony. Mais tu connais mes sentiments et je ressens les tiens quoique tu puisses dire où me montrer.

— Je n'ai pas été très sympa avec toi et je m'en excuse, répondit Tony. J'avais perdu mon meilleur ami et par peur de revivre ça, j'ai voulu te rejeter. J'ai bien compris que le lien qui existait entre nous était bien plus que de la simple amitié. Cela m'a terrifié. Je ne savais pas comment réagir en vérité. Je voulais autant que tu restes, mais autant que tu partes.

— En ce qui me concerne, je crois avoir été amoureux de vous au moment où mon frère me parlait de vous. Lorsque je l'ai perdu, ç'a été terrible. Le seul lien que me reliait à lui était vous. Et puis il y a eu cette histoire. Maintenant que je vous ai vu et que je vous connais…

— Que comptes-tu faire maintenant ? demanda Tony. Rester ici ou repartir sur terre.

— Et toi ? demanda John.

— Quoi qu'il arrive, je resterais sur ce navire. Que tu restes ou pas.

John se leva lentement et se dirigea vers Tony.

— Tu sais ce que je crois ? Je crois que cette fois j'ai réussi à apaiser la tempête qui sévissait en toi. La tempête qui se trouvait dans ton cœur.

Fin

Sarah-lyneishikawa@laposte.net

Du même auteur :

<u>Shonen ai</u> :

Shûji, le laboratoire du docteur Logan.

Lié à un yakuza

Entre les bras d'un tueur

Au bout du chemin

Retour à la vie

Deuxième chance

Prisonnier de ton cœur

Tu seras mien !

Par amour…

<u>Autres genres</u> :

Hikaru

Humain Yvan

L'Empire des dragons

Le bal des lucioles

Notre dernier galop

Toshio, Le dernier Samouraï Meiji

Yagyu, Le premier Samouraï

L'Écume bleue, partie 1

Jûzen, le guerrier maudit